# 那年今日

## 又是玉兰花开时

NANIAN JINRI

坤茹 著

Kun Ru

中国文联出版社

**图书在版编目（CIP）数据**

那年今日：又是玉兰花开时 / 坤茹著. -- 北京：
中国文联出版社，2025. 5. -- ISBN 978 - 7 - 5190 - 5884 - 5
Ⅰ. I227
中国国家版本馆 CIP 数据核字第 20257CV336 号

著　　者　坤　茹
责任编辑　王　斐
责任校对　李学敏
装帧设计　中联华文

出版发行　中国文联出版社
地　　址　北京市朝阳区农展馆南里 10 号　　邮编　100125
电　　话　010 - 85923025（发行部）　　85923091（总编室）
经　　销　全国新华书店等
印　　刷　三河市华东印刷有限公司

开　　本　710 毫米×1000 毫米　1/16
印　　张　19
字　　数　327 千字
版　　次　2025 年 5 月第 1 版第 1 次印刷
定　　价　95. 00 元

# 人生有诗话

歌者，来自北大荒的黑土地，
随着岁月，开始歌咏瓦梁砖舍，
圈点的文字，可以记忆那些沟沟壑壑的过往……
在这里，与诗歌结缘，和鸣日月，独守朝晖；
在这里，怀揣童心，蹒跚着走过哺育万物的田地山川；
在这里，重生般地追梦，成为诗者，成为师者，成为学者；
在讲坛上，让语言跨越万里海岸线，让彼此述说中国文化的故事；
睁着一双期盼的眼睛，期盼巴别塔的重建，可以通向美美与共的神界！
驻足，慢慢咀嚼一份份古圣先贤的诗词味道。

读一首甜蜜的爱情诗吧！《白头吟》里遇文君，《相见欢》中对李煜，期待白头不相离弃，对岸依旧鹊桥相连。让那份卿卿我我、你侬我侬、依依不舍都沉醉在蜜糖里。

读一首快乐的童言诗吧！咏鹅自有红绿来，写鹰诵出天边心，赋月团圆照满天，立志高轩蛇为龙。让这份幼儿稚气、孩童慧智、少年轻狂都乘风破浪而扶摇直上。

读一首深沉的怀旧诗吧！回顾秦砖汉瓦梁，感叹岁月不归复，独有空冢衣冠孤立，行者索文探迹不止。让这种历史情愫，怀古幽情，人文思绪都随柳絮风尘而根植沃土。

生者，不必皆为诗者，然诗意萦绕；逝者，不必皆有文者，然诗情亘古；人者，不必皆是文者，然文化犹存。话如此，诗如此，人生如此而已。

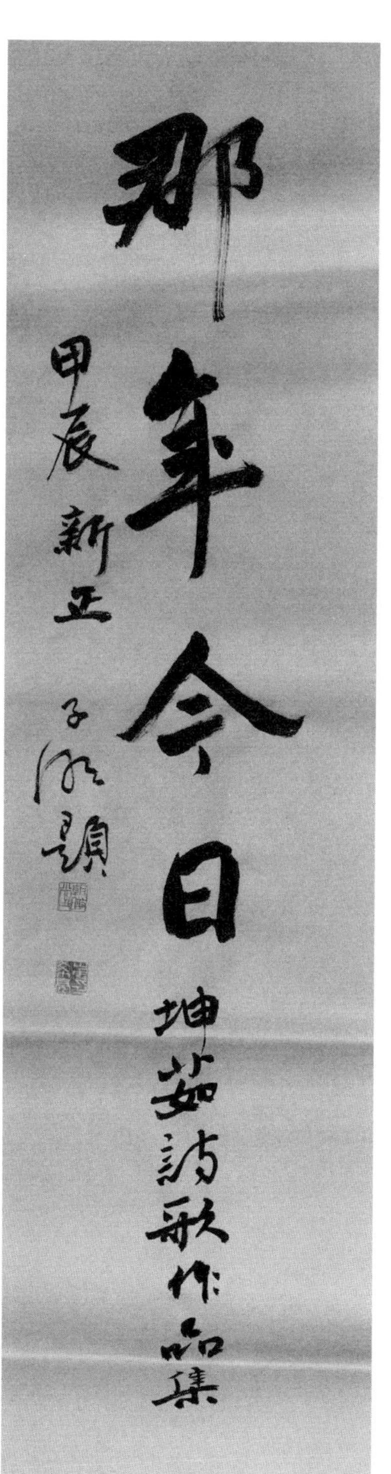


崔希亮教授题字：那年今日——坤茹诗歌作品集

李安纲教授题字：坤茹诗案

## 贺诗

——贺法大诗人坤茹《那年今日》诗集出版

李安纲

法大乌台獬豸冠，坤茹宪律道心宽。
锤辞炼意皆诗案，月映微垣社稷安。

# 诗意相伴　春暖花香

——写在宋春香诗集《那年今日》出版之际

田恒发①

近日，得知我的学生宋春香的诗集《那年今日》即将出版，真的由衷地为她高兴，简直像自己得了大奖一样欣喜。春香是一个自强自励的人，她能够有今天的文学创作成果，我一点都不觉得意外，她用智慧和执着赢得了属于自己的鲜花和掌声。作为一名教师，有弟子如此，为师之大幸，善莫大焉！

30年前，我是春香读小学时候的班主任，教她语文。与现在相比，那时候的办学条件比较艰苦，东北小县城的教室里要自己烧炉子，带柴火，取暖也都需要师生共同完成。春香总会是到校最早的学生，做值日、背书、学习。在我的班级里，她是一个勤奋而好学的好学生，喜欢做摘抄笔记，更爱写作文，作文也常常是范文。记得有一次，我代表我所任教的学校讲了一堂全县作文讲评的公开课，听课人员为各个学校主管教学的领导和一线教师，共有两百多人。她为了配合我的这节公开课教学，居然一连写了七篇作文。看着她写的一篇篇作文，除了心疼，更为她的自励和执着所感动：这样的孩子怎么能不成才！

后来，她考大学、读硕士、读博士，在工作中学习，在学习中工作，拼搏、奋斗，一切都是超出常人的努力，一切也都是水到渠成，最终实现了大学教师梦，也成就了诗歌写作的文学梦。她是从东北黑土地上走出来的诗者。用文字歌咏家乡，描绘自然，字里行间充满奋发图强的气息。与其说这是她的天赋使然，不如说，这更是她自强自励的结果，就像她在她的诗《选择——献给仍在犹豫中选择的人们》中写的那样："既然/选择了生活/就不要/惧怕艰辛/因为/那只会/降低生命的质量/选择/内心的考量/无悔地坚守/不要瞻前/无须顾后/在

① 田恒发，黑龙江省龙江县退休教师。曾举办多次公开课教学，所任教学科曾多次在校、县统考取得优异成绩，所指导的学生作文多次获得各级、各类奖励。系龙江县朗诵协会副主席、龙江县诗词楹联协会副秘书长、齐齐哈尔市朗诵家协会会员。

人生的园圃里/犹豫之花/永远结不出/缀枝的硕果。”正是选择了风雨兼程，才使她的人生如雨后的彩虹，灿烂光芒。

春香是坚忍的，有那么一股不达目标誓不罢休的拼劲。正如她在她的诗歌《冬日的芦苇》里所说的那样：“既然来世间走过一遭/就应该看看太阳看看光/即使炙烤/即使枯萎/也应是立在日头底下的/一片辉煌。”春香就是这样用她的努力和坚持创造了属于她自己的一片辉煌。如今，春香的诗集《那年今日》就要出版了，这是“汗水浸透衣背/那是耕耘者最美的图画/储存诗心的蕾/终将绽放/艳丽的花”。

在祝贺她诗集出版的同时，愿《那年今日》这朵艳丽的花，照亮春香前行的路。相信在未来前行的道路上，有诗相伴她也一定会前程似锦，春暖花香！

2024年5月18日

# 《那年今日》感言

黄焕光①

认识宋春香老师已经多年了，在相互的交流中，常常被她的多才多艺、美丽聪慧感染，平添了许多活力。我们有一个共同的爱好，都热爱填词写诗，把生活凝成可歌可诵的清流神韵。由于平时忙于工作，生活琐事不断，近来细读春香老师的作品少了，颇多遗憾。欣闻春香老师的诗作不日将结集出版，有幸先睹为快，反复诵读，余味绵绵……

《那年今日》分上、下两篇，给我们展开了一幅生动的画卷，或引吭高歌、或浅斟低唱。让我们随着作者的笔触，去感受盛世的华美，领略四季的风光，去珍惜师生情谊，共话人生之短长，体会到文化中国的力量。既有法大人“多少青春多少梦，尽付芳华诗海沉”的咏怀，也有“行步园里寻国粹，流年余味细品来”的钟情；在春香老师的诗作里，我读出了法治中国的盛世谣，引起“法治迎新容，宏图绘今朝”的共鸣。难能可贵的是在春香老师的作品里，不乏人的温暖。“望柳凭高寻故旧，频笑一点梦中游”“君赠一幅画，侬填两段词”“小憩斟酌邻里酿，乡音断续寄飘摇”……那么实在、质朴，情感那样地纯真。同时她那种“清愁几缕飘如许，让过云端即蓝天”的人生态度，深深地感动了我。《那年今日》是一本好书，我相信一定有不少佳作广为流传，道深成师。

这是一个创造诗人的时代，我希望每个人都怀着一颗诗心去讴歌盛世，走向未来。

---

① 黄焕光：广西社会和谐稳定发展基金会副理事长。2013 年，他曾以一首《渔家傲·别乡抒怀》获得“诗词中国”传统诗词创作大赛词类优秀奖。此感言在 2023 年 11 月 12 日书于南宁。

# 不死的骆驼[①]

——再致三毛并兼赠坤茹女士

陌人

我敢肯定
这就是夏天
最红的时刻

能不能让我就做你
手心发烫的一枚日落

然后被漆黑的夜
不假思索地
猛烈吞没

山，沉下去
风，浮起来
我就是你戈壁上
永远活着的那匹骆驼

如果星星还能独霸天空
请让我的骨头

① 此诗作于2022年6月10日。作者是诗人陌人，本名荆随定，1962年生于洛阳黄河之滨小浪底。《望月》杂志洛阳编辑室副主任、特约作家、《望月文学》小浪底创作基地主任。2015年曾获抗日战争胜利70周年和2017年建军90周年中国诗歌金奖，被授于“德艺双馨艺术家”称号。2017年中外华语金鸡奖和年度十大人物，2018年中国十大金牌诗人和中国好诗金像奖，2018年中国新诗最具影响力诗人。被世界汉语文学作家协会授予“一级作家”称号。

千年不腐
就近点燃
历久不灭的那丛焰火

回来吧，荷西
回来吧，阿尤恩
谁是谁一年到头
用血浇灌的那丛花朵

我敢肯定啊
撒哈拉就是我
我就是你沙里
永远奔腾的——
万里江河

你不来
我，决不亡国

# 给读者的一封信

亲爱的读者：

当你翻开这本诗集的时候，你一定是热爱诗歌的人；当你能充满好奇地读到最后的时候，你一定是一个热爱生活的人。因为，如若没有对诗歌的热爱，你定不会如此悠然地走进这本书；如若没有对生活的体悟感知，你也自然不会将诗意的阅读进行。由此，我们神交已久，如同老友，互诉衷肠，彼此倾听，一同携手走进美的诗学和美的诗歌。走过的那些年，都应该是今日的诗行。

不知听多少人讲，诗歌离我们太遥远，那应该是诗人、文学家去关注的对象，与大众并无多少关系。因为在远方，所以不可触及。由是，诗歌好像仅仅是专家的活计，诗人的事业，既不属于市场，也不属于民众。事实也似乎证明这是对的——若干年前，当我满怀激情地找一位出版社的编辑准备出版诗集的时候，他却对我轻描淡写地说："诗歌太遥远了，读者对象太少，没有市场需求，自然也不会成为畅销书，还是不出的好。"当时，我的失落之情毋庸细表，由此带来的那种强烈的挫败感，只能让我悄悄地把从心底流出的诗稿封存在书柜里。

美在目前，更在人心。对于一个充满诗情的人而言，显然，自己不愿生活得毫无意义，哪怕是一点点的无意义，也会觉得虚度时光。于是，我钟情于诗歌之学，我也专注于诗歌创作。因为创作是一种生命体验，从而在不经意间成就个人的理想。

能赋诗为文，成为文人墨客——这曾是自己孩童时就萌发的个人理想。但是，20 世纪 80 年代不比现在，在当时物质匮乏的年代里，在东北小镇能看上几本书那简直就已经是一种奢望了。于是，为圆那份写作之梦，我只能在很有限的《作文》《故事会》《童话大王》等书刊中收罗美言佳句，东施效颦般地提笔以寄，或成文，或为诗，尽管那时的创作在字里行间尚且充满稚气，但是从潦草无形的拙文中，自己却时时获得由读书、写句、为文带来的一种深深的满足感。

在浮躁的尘世间，在电脑打字充斥其间的网络化时代里，我真的不知道还有几人会充满诗情地去看待这个世界，还有几人会用诗语去描绘我们的生活。但是我相信：没有诗歌的生活将是一个没有灵性的世界，也将是一个没有创造力的世界。虽不能人人吟诗，个个赋词，以复盛唐诗风与大宋文骨，但是一己诗情的言说，也会不经意间阐释出一个不同于他人的生活天地，也自然会带来一份与众不同的生活感悟，因为，只沉湎于金钱的日子会让人迷失自我，因为，只青睐于权势的生活会让人丧失尊严，因为，只追逐于名利的言行会让人远离宁静，因为，只崇尚利益的岁月会冲淡青年特有的豪情……

当经过若干年的岁月洗礼，当经历百千人情世故的打磨，自己突然间又发现：在当代的生活中，诗歌无处不在，经典诗词广为吟诵，在义务教育中，小学生必背古诗词129首，初中生必背古诗词60首，高中生必背古诗文72首，于是乎，瞬间顿悟，实际上，古诗词伴随着每个中国人的成长，诗歌融进每个人的血脉，并不是一个遥远之词就可以舍弃掉的。当《中华好诗词》《中国诗词大会》《经典咏流传》等大型诗歌节目的热播，更是让诗歌成为大众文化的精神食粮。

而在国际课堂上，更是不乏诗歌之声。当国际学生亲近诗词，诵读诗歌，写作诗文（参见附录一），我们的诗词成为独特的文化符号，在听、说、读、写、译之间不断演绎着中文之美。“国际中文日”，全球有听不尽的诗词吟唱诵读之声；国际中文教育，在跨学科的视域里传播汉语文化，阐释中华上下五千年的文字魅力，丰富着人类的精神文明。

于是，思量其间的原因大家就会发现：从外在而言，这是一个民族文化的荣耀复归，是优秀传统文化的传承；从内在来看，诗歌之美是一个本体论层面的深层原因。为何吟诵？因为诗歌具有声韵之美，声律节奏，朗朗上口，美人视听；为何传唱？因为诗歌具有韵律之美，韵律情感，声声动心，美人情怀；为何观赏？因为诗歌具有形式之美，字字珠玑，句句对仗，美人眼目；为何寻味？因为诗歌具有意境之美，意向铺陈，画面灵动，物可言志，景可融情，美人心性。汉语是形音义的文化载体，汉语诗歌本就是凝聚美学思想的艺术。

美，属于诗歌。就诗歌而言，“美，也正是它自己存在的原因”（爱默生：《杜鹃花——有感于有人问我：“这花从何而来?”》）。① 然而，生活之平淡和诗歌之美好看似并不吻合，每个人都不可避免地会为诗歌之美和生活之真纠结。

---

① ［美］哈罗德·布鲁姆等：《读诗的艺术》，王敖译，南京大学出版社2010年版，第23页。

生活中的人都离不开失败和伤感，或为离别，或为情伤，或仅仅是悲世悯人的无端烦恼。但凡如此，都是不能用些许时间就可缓解的，于是选择文字述说、诗歌表达就成了尘世上的凡夫俗子、文人雅客的一种生活方式。每一句诗，都可以描摹出一份美的诉求。所以，肯尼斯·勃克在《济慈一首诗中的象征行动》一文中就曾提议。

我提议把“美”读作“诗歌”，把“真”读作“科学”，而最终出现的神谕具有一种解放性。这是因为，在说出它的时候，这首诗已经把我们带到了另一个层面上，世俗的矛盾在那里不起作用。但在纯粹观念性的意义上，我们也可以到达一个诗歌和科学并不冲突的层次，也就是说，把这两个词语转译成它们背后的“原理”。我们可以把诗歌普泛化，把它扩展到一定程度，就可以用“行动”这个词来替代。同样道理，我们可以用“场景”来代替“科学”。这样一来，我们就会有如下图示。

“美”等于“诗歌”等于“行动”

“真”等于“科学”等于“场景”

我们可以把“美”等同于“行动”，因为它不仅仅是一种装饰性的东西，而是一种断言，一种肯定，一种创造，因此在最完整的意义上来说，它是一种行动。我们可以把“真”或者“科学”等同于“场景”，因为场景是关于存在的知识——所有的存在包含了整个宇宙的场景。①

在此，我们情愿把这个美的行动赋予给所有阅诗的读者，读诗就是一场美的行动，美的实践，美的存在。

世界只有一个，心境却各不相同。每个人的心性往往就会形塑一种价值观，你若静处，周遭安然；你若浮躁，随风起伏。心中能够保留一份美好的情感是人类优于动物的独有财富，既可以独自消磨，也可以与大家分享。正如朱光潜先生所坚信的那样：“我坚信情感比理智重要，要洗刷人心，并非几句道家言所可了事，一定要从‘怡情养性’做起，一定要于饱食暖衣，高官厚禄等等之外，别有较高尚、较纯洁的企求。要求人心净化，先要求人生美化。”② 美化心性恰恰是诗歌的可为之事。那些从诗人心中流出的诗，因流淌着美的心思而感染每一个读过它的人，诗是美的，读过诗的人因此也就必然会被美感染而具有美的气息，并且一定是扑面而来的美。

---

① ［美］哈罗德·布鲁姆等：《读诗的艺术》，王敖译，南京大学出版社 2010 年版，第 69 页。

② 朱光潜：《谈美》，广西师范大学出版社 2004 年版，第 2 页。

墨西哥诗人帕斯用诗的语言告诉世人：“一个诗人的墓志铭”就是“他要歌唱，为了忘却他真实生活的虚幻，为了记住，他虚幻生活的真实”①。在诗中，济慈写道：“‘美是真，真也是美’，这就是你知道，和你需要知道的一切。”②

亲爱的读者朋友们，热爱诗歌吧！诗歌是一种最简洁的抒情言志的文体。

生活是美好的，或爱情，或友情，或亲情，或童趣，尽一笔携来，倾注于墨，诉之于情，我愿用诗言诗语，化作唐诗宋词，流成韵文曲赋，以追梦逐情，以书华吟彩，以歌史咏迹，以励志弥坚，以启迪人生，谨愿这字里行间，流淌的不仅仅是诗人自己的情怀，更能展示出诗歌创作者的风采。

诗情始于诗心，自在源乎自然。“我想我们的诗只要是我们心中的诗意诗境底纯真的表现，命泉中流出来的 Strain，心琴上弹出来的 Melody……那便是真诗，好诗。”③

走入诗意的人生，它会让你获得——

空虚心灵的安逸、充分自我的舒展、无限青春的激情、珍贵生命的绵长和心性的柔化与美化……

指携点墨朝出游，头枕华章夜入寐！

期待读者朋友们的回信，期待你们的声音！

祝君阅诗安好！

宋春香

癸卯中秋书于京都圆明园寓所

---

① 丁来先：《诗人的价值之根》，中国社会科学出版社 2011 年版，第 148 页。

② ［美］哈罗德·布鲁姆等：《读诗的艺术》，王敖译，南京大学出版社 2010 年版，第 75 页。

③ 田汉、宗白华、郭沫若：《三叶集》，载《郭沫若全集》（文学编）第 15 卷，人民文学出版社 1990 年版，第 13 页。

# 目录

## 上篇　古体诗

## 下篇　现代诗

# 上篇　古体诗

# 法苑有诗话

歌者，来自北大荒的黑土地，
随着岁月，开始歌咏瓦梁砖舍，
圈点的文字，可以记忆那些沟沟壑壑的过往……
在这里，与诗歌结缘，和鸣日月，独守朝晖；
在这里，怀揣童心，蹒跚着走过哺育万物的田地山川；
在这里，重生般地追梦，成为诗者，成为师者，成为学者；
在讲坛上，让语言跨越万里海岸线，
让彼此述说中国文化的故事；
睁着一双期盼的眼睛，期盼巴别塔的重建，
可以通向美美与共的神界！
驻足，
留下几首慢慢嚼出滋味的古韵今文
……

# 第一部分　法苑诗话

## 法大赞

——丁酉年为中国政法大学建校65周年校庆而作

中国政法大学者，简称曰“法大”，乃政法院校之翘楚①也。其北立于昌平②，上风上水之所也。其南居于三环，聚学聚贤之雅也。

晨曦散步，晌午小憩，抑或赏晓月河景，以悦心性也；抑或闻柳岸花香，感念春光也。寤寐间，望眼能独享文化饕餮③万千；闲游时，驻足可探寻遗址旧事二三；华诞季，尽抒情怀而赞之矣！

扶栏游思，蓟门④烟雨半丘树；俯仰问道，名师威仪三寸坛。曾忆否，红楼⑤起址，领袖书匾⑥！曾见否，政法学院伊始，帝都风景一处！晓看者，土地不过四隅，且容四校精英；仰望者，师生无超千人，竟会八方贤达。遇风雨，

---

① 翘楚：原指高出杂树丛的荆树，后来用来比喻杰出的人才或事物。这里指中国政法大学是中国法律学科最杰出的学校之一。

② 昌平位于北京，是首都北京的北大门，是历史文化名城，又是以发展旅游、高教、科技为主的首都卫星城，素有北京的后花园之称。

③ 饕餮，读音［tāo tiè］，是古代汉族神话传说中的一种神秘怪兽。古书《山海经》介绍其特点是：其形状如羊身人面，眼在腋下，虎齿人爪，大头大嘴。性格贪婪，比喻好吃之徒，常见于青铜像。为缙云氏之子而非龙九子（传说中是龙五子）。饕餮纹这种纹饰最早出现在距今五千年前长江下游地区的良渚文化玉器上。

④ 蓟门：原指古蓟门关。唐代以关名置蓟州后亦泛指蓟州一带。另北京城西德胜门外西北隅的蓟丘也古称蓟门。蓟门烟树，不是蓟城之城门，也不是蓟门故址，而是指元代古城的旧址。如今碑在亭无，随着城市建设的发展，此处建设了一座立交桥，命名为蓟门桥，建设了一片住宅区，命名为蓟门里，附近还有蓟门饭店，以及蓟门旅馆、蓟门商店等，好像给人一种感觉，此处就是古代蓟门。今北京市西城区广安门外滨河公园内，树立有“北京建都纪念阙”，著名历史地理学家、中国科学院院士、北京大学教授侯仁之题额曰：“北京地区，肇始斯地，其时惟周，其名曰蓟。”

⑤ 红楼：这里指最初的校舍坐落在新文化运动和五四运动的发源地，即北京大学的红楼。

⑥ 领袖书匾：这里指1952年第一代国家领导人毛泽东题写校名“北京政法学院”。

险峰过后重翻越；经沧桑，岁华着霜复理妆。一校三院犹抖擞，千呼百应再为尊。步履艰难，士气尚存；寒日虽多，雄风不减。斯为国之幸事，民之福祉也。

幸哉，法大，学科学生皆为首，高端配置开先河；美哉，法大，学院路上月常晓，军都山前牛拓荒①。

世纪坛前，压力总随动力起；法学苑里，改革长倚言行践。细思量，学术立校，人才强校，理念更新布战略；勤谋划，特色兴校，依法治校，优势彰显迎新天。为生者，学而思其理数；为师者，教而循其礼章。领导题词，国负重望，教书育人重任不敢懈怠矣；法誉圣载，使命负肩，“三个中心”总理托矣②；国治探案，民生直观，“2011 计划”③ 家国愿矣；“立德树人，青年壮志，德法兼修”主席寄语矣。

善哉，法大，学府殿堂照法镜，法治广场思公权；美哉，法大，玉兰色秀向阳俏，桃李花娇攀枝欢。

傲立寰宇，视野宽阔连九州；雄居沧海，法路通达入百川。搭桥梁，孔子学院林立；筑平台，留学互访频繁。君可知，法大之人，心怀厚德献青春；法大之义，五湖四海结情谊；法大之志，一流大学双眸前。君可知，厚德以同赴国强，结情以共建家园，有志以傲居华夏。君可知，修业修身修人生，法言法语壮中华。

壮哉，法大，扶危济贫盖世功，兴邦治国智囊团！美哉，法大，盛世铺锦国威震，民族文化异域传！

嗟乎，盖国之法大，人以德美为厚而颂，法以精专为命而立，物以真知为践而制，养以公心为善而致。其法治之思，古今传唱也；其人文之本，中西和赞也。法兴则国昌，国昌则民顺，民顺则万业具盛也哉！斯威如此，岂不赞之耶！

---

① 牛拓荒：这里指拓荒牛雕像，位于中国政法大学昌平校区，为 1987 级校友赠送母校制作，鼓励广大法大学子开拓创新。

② 2008 年 5 月 4 日，国务院总理温家宝和国务委员刘延东一行莅临学校与学生共度“五四”青年节。在与学生座谈时，温家宝总理指出，中国政法大学是全国最高的培养法律人才的学府，承担着重大的任务。总理强调，国家要将中国政法大学建设成“三个中心”，即培养法律人才的教育中心、重大社会问题的法律研究中心和国家立法咨询与决策中心。

③ 2013 年 3 月，学校牵头的司法文明协同创新中心通过国家认定，中国政法大学由此进入国家首批“2011 计划”建设序列。

## 校庆诗三首

### （一）赠学友

晓视平川旭日升，江回路转青云程。
勤耕细作铺前路，奋起雄鹰振羽腾。

### （二）开学季①

辞亲礼故走贵乡，为理求师辟雍②堂。
水库岸边瞻望祖，军都山下启明纲。
拓荒牛脊舒笑靥，法镜空灵映锦邦。
四季犹书修业季，三生最幸做学生。

2015 年 9 月 6 日

### （三）怀校友

北望拓荒牛势发，南巡晓月岸蒸霞。
志随劲松弥坚韧，情开军都四月花。

## 军都学子赞

法大书生聚法缘，军都四季践行先。
晨偕碧露怀天下，暮浴丹霞敬祖贤。
岁月江山描伟业，文章笔墨载恒言。
风发意气研学早，法治金秋砥柱坚。

## 法大学子法大蓝

文渊静处是苍山，法苑阁前仰故庵③。

① 羡慕法大学子，怀念学生时代，遂记之。
② 辟雍：西周时期学校的称呼。
③ 庵：文人的书斋亦多称“庵”。

几缕青枝楼侧展，三五鹊鸟绕栏杆。
寒家素子前贤见，治世修身竞逞先。
镜映朝晖孰著撰，新窗晓看自承担。

## 咏　怀

军都晨旭照法苑，文渊暮色伴归人。
多少青春多少梦，尽付芳华诗海沉。

2011 年 12 月 22 日

## 环阶大爷赞

古贤怀才隐林岗，今圣学富载法廊。
墨香不闻庙堂宇，卷华自绕学子梁。

## 元旦联欢记

城阙座座连松柏，彩荷翩翩绽雀台。
行步园里寻国粹，流年余味细品来。

## 小月河畔

栏杆柳荫日梢头，信步曲廊趣绕楼。
燕雀成双花跃舞，行人一对柏闲悠。
抬眸顿现燕京志，顾首迎逢故地游。
蓟处犹闻飞雨落，河间再续盼亭州。

## 为君孔子学院任上书

异域滨海蕴蔗香，人文故里缀丹阳。
君行记念敦煌意，炫我国魂锦绣邦。

## 夏日寻故

晌晴拾步法苑楼，未改花容渐回眸。
望柳凭高寻故旧，频笑一点梦中游。

## 法苑楼

藤翠一处法朋居，碧萝万缕敬客图。
堪作郊城清乐墅，鸿儒雅士队结出。

## 诗友记

热景鱼台醉饮茗，诗结校友雅风情。
即吟曲赋难为意，玉酿金樽问天明。

## 同江宴聚

——致敬退休法大人

鹤舞京山笼雨天，同江荟萃饮醇甘。
酬勤甲子夕阳景，早有风烛照月圆。

## 国防生赞（四首）

### 援疆赞

一别故里千山去，挥斥青书墨未干。
逐浪淘沙沙聚塔，盼归万里筑城垣。

### 学兵赞

青山绿水旌旗展，沙场秋兵记日回。
词寄相思言颂爱，衔泥自待落花归。

### 扫雪赞

军都傲立絮飞扬，染鬓松青映梅芳。
若问京昌情动处，彤阳艳影秀葱装。

### 沙场点兵

朱日和来阅阵兵，蓝红战队鼓声鸣。
国威逾越思汉业，赤子军魂震御庭。

## 书生论

文人议事评天下，致变追新顺世昌。
论道竹书三万卷，为学墨笔九千篇。
留名更顾怀沧海，史载尤须勇担当。
千古文章功业事，瓦砖一块筑朝纲。

2015年7月31日

## 毕业季①

流苏摇曳露荣骄，雾里军都筑彩桥。
渊法明文承史命，拓荒砥砺载风骚。

2015年6月30日晨

## 晓月河暮色

晓月河流，李桃枝茂，暮影与行。道砖青盈步，芳荣犬吠，傲龙亲水，香浸街亭。数载春风过两岸，岁染少华仍怀旧情。随晚景，见游云望眼，流水潺清。

千头绪思过往，自收寸心奔薄名。叹问学无际，光阴有限，芷兰空赞，逐日难停。惜暮色飞花尽絮，挽春晖，留得千树樱。心安静，待明天曲赋，重墨书评。

① 雨中法大，毕业合影，又是一年毕业季，又是一届法大人，责任重大，砥砺前行，有感而书。

## 法治中国①

辽阔天地疏，东方巨星耀。
鹊飞龙山顶，只把喜讯报。
公平正义语，依法治国道。
百家谏言论，尽为谋良韬。
韩子李儒却，不解现世貌。
法治迎新容，宏图绘今朝。

2014 年 10 月 22 日

## 盛世谣②

### （一）

雾爩③澹澹④沧海森，莪蒿⑤菁菁洲渚⑥绕。
碧波滃滃⑦东逝水，乾坤朗朗待新潮。

---

① 正值十八届四中全会召开，并专题讨论依法治国，于是有感而发，以记之。其中的“韩子李儒”是指韩非、李斯等中国古代的法家代表人。

② 新一届国家领导人带给中国人民新的气象，不仅得到百姓的连连赞誉，而且也获得了前所未有的国际地位，自己不禁有感而发，遂作此诗以记之。

③ 爩：［yù］指烟气。

④ 澹：［dàn］①水波起伏荡漾的样子：云青青兮欲雨，水澹澹兮生烟。②静止不动的样子：情澹澹其若渊。③广阔无边的样子：长空澹澹。

⑤ 莪：［é］①莪蒿，多年生草本植物。叶像针，花黄绿色，生在水边。嫩茎、叶可作蔬菜。也叫萝、萝蒿、廪蒿，俗称抱娘蒿。“莪，萝莪蒿属，从草，我声。”（见《说文》）“菁菁者莪，在彼中阿。”（见《诗经·小雅·菁菁者莪》）②蘑菇的别名，“中原呼菌为蘑菇，又为莪。”（见王祯《农书·百谷谱·蔬属》）

⑥ 渚：［zhǔ］水中小块陆地。

⑦ 滃滃：［wěng］大水茫茫的样子。

## (二)

狮舞龘①腾星辉耀，簋②盉③斛樽把客邀。
期颐④耄耋⑤垂髫⑥貌，总角⑦不惑竞逍遥。

2014 年 11 月 18 日下午

## 戍边颂⑧

号角连声催战起，鸣空炮鼓奏旋歌。
戎装抖擞将军志，血染罗袍祭奠河。

2015 年 8 月 1 日

## 盛　日

燕北呼欢鹊，平昌盛礼迎。
春花绽放季，法治助中兴。

2017 年 5 月 3 日

---

① 龘：[dá] 古同“龖”，龙腾飞的样子。

② 簋：[guǐ] 是中国古代用于盛放煮熟饭食的器皿，也用作礼器，流行于商朝至东周。

③ 盉：[hé] 古代酒器，用青铜制成，多为圆口，腹部较大，三足或四足，用以温酒或调和酒水的浓淡。盛行于中国商代后期和西周初期。

④ 期颐：指一百岁。《礼记・曲礼上》：“百年曰期颐。”期，需要；颐，调养、照顾。意为百岁老人需要后代养。宋代苏轼《次韵子由三首・其一》：“到处不妨闲卜筑，流年自可数期颐。”

⑤ 耄耋：[mào dié] 指八十岁的老人，通常泛指年纪大的人。同本义。古称大约七十至九十岁的年纪。“匪我言耄。”（《诗经・大雅・板》）“亦聿既耄。”（《诗经・大雅・抑》）“老夫耄矣，无能为也。”（《左传・隐公四年》）

⑥ 垂髫 [tiáo]：古代儿童未成年时不戴帽子，头发下垂。后因以“垂髫”指童年。东晋陶渊明《桃花源记》：“黄发垂髫，并怡然自乐。”

⑦ 总角：古时幼儿把头发扎成像一对牛角般的小髻，称总角。《诗经・齐风・甫田》：“总角丱兮。”角，小髻；丱，儿童的发髻向上分开的样子。后人用“总角”代指童年。

⑧ 为纪念八一建军节而作。

# 第二部分 古迹怀思

## 故 宫[1]

门阙四方拥紫微[2]，楼阁五凤[3]舞骄霞。
汉宫行走三重殿[4]，赏尽王家万世华。

2015 年 6 月 2 日晨

## 圆明园怀古[5]

### （一）

断瓦残垣卧苔青，朝晖几缕醒松听。
日彤垂羡芳草绿，醉入鳞波望榭亭。

### （二）

平湖深处喜鹤楼，桥断湾里泣血愁。
竟忆前朝侵辱事，今人乐享钓鱼舟。

2015 年 5 月 27 日晨

---

① 诗意诗话：门阙四方簇拥着紫微，楼阁之上飞翔的五只凤凰同霞光一起舞蹈。在汉宫中行走需要经过三个大殿，却可以欣赏尽皇帝家族的万代繁华。

② 紫微：依照中国古代星象学说，紫微垣（即北极星）位于中天，乃天帝所居，天人对应，所以故宫又称“紫禁城”。

③ 五凤：故宫的正门叫“午门”，俗称“五凤楼”。

④ 三重殿：指用于外朝的太和、中和、保和三大殿。

⑤ 追忆古圆明园遗迹，历史回眸挡不住今人的畅游惬意，遂为诗以记。

## （三）①

执手醉卧享松翠，却枫依栏观杏黄。
几处学子逐犬吠，缤纷蝶舞绕雕梁。
昔日帝胄行宫园，今朝布衣游览场。
若问先者如何访，疾走可闻故人腔。
众星拱月捧夏宫，清代天子数来往。
蓬莱仙台②落福海，景图吟咏求颐养。
生肖十二③红铜铸，泉喷二四水力④扬。
英法不屑千秋地，火烧尽覆至尚壤。
万园之园在三园，长春之春唯一春。
绝代风华随尘去，空留青瓦吊晏堂⑤。

2014 年 10 月 30 日上午

## 古迹遇郊客⑥

朱墙碧瓦古琴筝，后辈前朝览阅经。
恰遇篷窑郊外客，甘蔬对叙岭南情。

2017 年 7 月 25 日晚

---

① 圆明园，位于北京市海淀区，是一组清代的大型皇家园林，由圆明园及其附园长春园和绮春园（后改称万春园）组成，统称为“圆明三园”。圆明园规模宏伟，运用了各种造园技巧，融会了各式园林风格，是中国园林艺术史上的顶峰作品，有“万园之园”美称。此外还有许多小园分布在圆明园东、西、南三面，众星拱月般地环绕在圆明园周围。因为清朝皇帝每到盛夏就来到这里避暑、听政，处理军政事务，所以也称“夏宫”。1860 年，圆明园在第二次鸦片战争中被英法联军焚毁，现仅存遗址。

② 蓬莱瑶台位于福海中央，共有三个岛。结构和布局根据古代画家李思训的“仙山楼阁”画设计宫门 3 间，正殿 7 间，殿前东列畅襟楼，西列神洲三岛，东偏殿为随安室，西偏殿为日日平安报好音，东南面有一渡桥，可通东岛，岛上建有瀛海仙山小亭，西北面有一曲桥，可通北岛，岛上建殿宇 3 间。

③ 指圆明园中十二生肖兽首铜像。

④ 水力：指水力钟。18 世纪中期，乾隆皇帝在圆明园东边一块狭长的地带造一座豪华的西洋花园宫廷，画师意大利人郎世宁是设计师。他推荐法国神父蒋友仁负责建造人体喷泉，位于花园中央，一天 24 小时 12 个生肖动物每隔两小时依次轮流喷水，俗称“水力钟”。

⑤ 晏堂：指海晏堂，它是西洋楼最大的宫殿。

⑥ 有感于圆明园近处游客如织，天南海北，方言交错，南北客朋，好不热闹，遂记之。

## 大唐乐舞

华衣五彩轻摇扇，一舞凌空几阙娥。
曾忆繁华情醉曲，且随盛世奏欢歌。

2017 年 8 月 11 日

## 西安忆古

晨钟暮鼓惊王帝，汉瓦秦砖走玉廊。
坑俑伤怀说旧事，随君驻足诉沧桑。

2017 年 8 月 11 日

## 红螺山游记

丁酉年初冬，吾与同人及西来学子八九人同游怀柔红螺山。其距京 55 公里，乃 4A 级景区也。山间有寺，名曰红螺，始于仙女传说而名。其坐北朝南，依山而建，常年享雌雄古树之滋养，临碧波千亩之润育，香客不断，青松常在。概非游玩旺时，人流稀疏而不绝，或怀求子之望，或恋末秋之色，皆心往而神驰者，约三五好友，采一两处美景，欢颜悦之，不负往来之劳顿。然者，师与生同行，心与力不及。盖望山之高峨，心有怯意，遂留于山腰，与友暖茶闲叙，独观来者去客之形色各异，上者念峰之巅高，下者思归之来路，去处迥异，忧思同矣。山路崎岖，崖壁陡险，不由叹西学之子，不畏浮云，登峰观景，自得一乐。诗言难述一游，遂以文记之。笑曰：人如山，山若人，人虑山之险阻，又怎知山不畏人之志乎？

2017 年 11 月 11 日

# 灵璧游三园

## 虞姬园[①]

英雄末路俱孤清，剑舞琴怀寄壮行。
自古皆歌霸王勇，谁人悟透美姬情。

## 钟馗园

钟馗园内看钟馗，丑容丑态丑容姿。
其人其事其可顾，美事美谈美话题。

## 奇石园

正午赏景奇石园，笑看凡物怎称奇？
天工秀作迎盛世，定叫奇容惊宫师。

# 奇石园观灯[②]

幻界飞天游璧县，黄鸭盛世卧徽州。
描红孔雀花屏展，炫舞嫦娥广袖酬。
童戏一群乘钓艇，儒狂两处坐河舟。
荷灯寄福托祥意，媚妩波光映吊楼。

---

① 诗境诗语——灵璧有三宝，即美人虞姬、丑鬼钟馗、灵璧奇石。今日是 2015 年 2 月 20 日（正月初二），雨中漫步，追忆楚汉，恍惚美人，力兮气兮，情兮爱兮，书诗以记，皆是故事，却成传奇！诗中大意是：自古英雄遭遇末路的时候，大都是孤独清冷，唯有项羽赴死之途，曾有虞姬舞剑奏琴如影相随。然而，从古至今，文人墨客都在称颂着项羽的威猛英勇，那么，其中有几个人能够真正理解美人虞姬的深情呢。

② 诗境诗语——此诗作于 2015 年正月初四。此日，与家人一同观灯游园，扶老携幼，顽童嬉戏，亲者漫谈，亲情随着园里的红灯绿树交相辉映，一派祥和气氛。诗中大意是：原本只有幻想的世界才有的飞天，现在周游到了灵璧县城，原本建在京都颐和园的大黄鸭，而今已安居到了安徽。如描红梳妆打扮的孔雀，早已展开美丽的彩屏，热情舞蹈的天上仙女嫦娥，也已舒展长长的袖子来酬谢游客嘉朋。一群群观灯的儿童嬉戏玩耍，争着要坐在钓鱼的金鱼灯艇里，一处处游玩的过客被美灯华彩吸引，分拨分批地坐在小河的小舟上。荷花彩灯高高地托举起红色的福字，寄托着新年无限的吉祥祝福，而那波光粼粼的汴河水面上，倒映着层层楼影，更显妩媚多姿，格外惹人。

## 醉九寨[①]（两首）

### （一）

清风影面与仙飘，逸撒江流醉醴邀。
两袖千程携壁峭，独观万水我独娇。

### （二）

晴湖映树堡叠出，宇笼游鸭愿作仆。
殿眼喷泉流玉液，娇容妩媚画中逐。

2015 年 8 月 30 日晚

## 云居寺[②]

一片绿叶六枝花，
七色彩虹云居家。
拾级登封钟鼓塔，
千年古刹石经霞。

2021 年 10 月 22 日

## 凤麟洲行记

锦鲤五色戏顽童，
幽池寸深藏蛟龙。
鸿鹄暂作鸭浮水，
随日鹏飞并苍穹。

---

① 感于自然风光之美，更叹人的求知之胜，人美胜于自然之美，遂记之。
② 汉语言教研室组织的留学生语言实践活动，老师七人，遂记之。

# 第三部分　四季留情

## 立　春

立春恰是君生日，
长面一盘祝岁康。
未见柳青摇场院，
独闻紫燕叩乡梁。

2017 年 2 月 3 日

## 早　春①

春意来早香亦浓，满枝梅开待霄龙。
谁人不羡花枝俏，寒风傲骨顿消融。

2017 年 2 月 17 日

## 赶　春

路广人稀闹，学童赶考程。
春花竞与秀，细雨常无声。

2017 年 3 月 18 日

## 望　春

雁顾巢居北，循声问响雷。

---

① 二月之际，立春已过，暖阳入怀，春风拂面，风景宜人，有感人间春情暖意，遂赋诗以记之。

期春皆染翠，满眼絮花飞。

2017 年 2 月 20 日

## 春　景[①]

春和送景明，叶暖恋留英。
晓视花香处，皆陈烨彩菁。

2015 年 3 月 28 日

## 雕楼赏春

徽阁阙角听花语，嫩处黄娇卧扁舟。
莫念旧时情几许，唯观柳翘罩云楼。

2015 年 4 月 30 日上午

## 春　日

### （一）

旧年方揭冷冰袄，新树已萌雀鸟巢。
垂晓静邀南飞雁，坝堤闲卧柳作箫。

### （二）

春来风阵阵，舞柳倚危栏。
卧树栖巢鹊，观云入昊天。

2017 年 2 月 17 日

## 情人节

年年二月过洋节，手捧玫瑰意不歇。

---

① 大意是歌咏春色美景，只不过，字里行间嵌入了法大同事和自己的姓名：吴景明、刘英、刘春、陈烨、宋春香，自然是为生活增添一乐趣。

岁月无情流似水，无花眷侣亦常携。

2017 年 2 月 14 日

## 早春踏雪①

梳妆怠慢腕犹迟，不惑②额前露倦姿。
掩隐帘窗偶视处，飞花曼舞报春期。
弹得一段芳菲曲，撷采千条碧柳枝。
不忍提足行雪径，回眸再望痕无屐③。

2015 年 2 月 28 日

## 暮　春

暮春亲晓静，霾雾止狂行。
尽挑轻云带，风歇万物清。

2015 年 5 月 6 日

## 清　明

漂萍片片避风塘，

① 诗境诗语——时逢正月初十，亦是开学的第一天。上班第一天，清雪飘飘，万物茫茫，还未散尽假日的懈怠，却已迎来浓绿的春意。遗憾的是，还未拍下春中雪景，雪已消逝，遂借文兵教授的独家私照，与诸君共赏，赋诗以记之。大意是：晨起，恰逢不惑之年的作者，懒于梳妆，迟于打扮，正因倦意睡意还未散去的时候，却偶然望向窗外，不经意间发现，春雪早已经漫天飞舞。如此美景，好像是有人弹奏了一曲春天的歌，让成千上万的春柳春枝生机勃发。尽管自己不忍心行走在干净亮洁的雪地上，可是当你回首再去探寻走过的路，或许是因为春雪过于轻薄，或许是初春天气过于温暖，雪花落到地面上就已经融化了，以至于人们早已寻不到来时的脚印了。

② 不惑：指 40 岁。也指遇事能明辨不疑。

③ 屐：木屐，一种笨重的木底鞋，泛指鞋。雨雪时，当套鞋使用，以防打湿鞋袜。唐颜师古《急就篇注》：“屐者，以木为之而施两齿，所以践泥。”汉刘熙《释名 释衣服》：“屐，搘也。为两足搘，以践泥也。”宋张瑞义《贵耳集》：“东坡在儋耳，无书可读，黎子家有柳文数册，尽日玩诵，一日遇雨，借笠屐而归。”“木屐也。”（《三苍》）“以屐，为服。”（《庄子・天下》）李注：“木曰屐者。”按，雨行所以践泥。“介子推抱树烧死，晋文公伐以制屐也。”（《庄子・异苑》）“脚着谢公屐，身登青云梯。”（李白《梦游天姥吟留别》）“蹑屐登崖。”（明刘基《诚意伯刘文成公文集》）

百望山腰忆旧乡。
祭祖无寻魂葬地，
空折杈柳立青冈。

2017 年 3 月 31 日

## 春耕图

峰起蒸霞蔚，林幽隐默城。
春光仙境少，沃野瘦田耕。

2017 年 4 月 7 日

## 谷　雨

别过春宵晚柳寒，播棉垄上雨珠帘。
荷蕾束裹思何放，入口桃樱卧笋眠。

2017 年 4 月 20 日

## 春日寄友①

邀云拜日待嘉朋，点墨一痕念故香。
醉卧堤沿君握柳，拾眸百望②士荣城。
平生尽享钟伯③意，对酒何堪管鲍④称。

---

① 拜名师，结佳友，遇伯乐，享亲情，议家国，皆为人生幸事。近日，不传诗文，总有三五好友相约新作，或赞或转，或侃或颂，顾念新交，亦思旧友，遂趁春日，小寄友人，如是而已。大意是：期盼风和日丽的春天，款待佳朋，来感谢总是惦念自己的亲朋。携友人共同陶醉在绿柳依依的堤坝河畔，在百望山上远望京都的繁荣景象。一生得遇如钟子期和俞伯牙一般的知音，即使饮酒之间也不忘管仲和鲍叔牙的情意。还是共同欣赏春的美景吧，眼前尽是小草的翠色和花开的芳菲。

② 百望：指北京的百望山。

③ 钟伯：指春秋时期的俞伯牙和钟子期。相传伯牙善弹琴，钟子期善听琴。伯牙弹到志在高山的曲调时，钟子期就说“峨峨兮若泰山”；弹到志在流水的曲调时，钟子期又说“洋洋兮若江河”。钟子期死后，伯牙不再弹琴，以为没有人能像钟子期那样懂得自己的音志。

④ 管鲍：指管仲和鲍叔牙。管仲和鲍叔牙是春秋时代的人，两人互相照顾，亲如手足，友谊深厚。

草色连青青如许，花开绽秀秀莲蓬。

2015 年 3 月 16 日

## 醉春雨

丝雨帘迟暮，晓红落野炊。
指扶烟柳醉，钓叟卧竿垂。

2017 年 3 月 24 日

## 春之赋

柴门轻推探春兮，
黛山掩映穹庐。
初浴春风不寒兮，
童叟皆披单服。
匆寻河柳翠郁兮，
鸭暖对岸清湖。
踏步晓光望路兮，
车马鸣醒晨宇。
偕女共游春色兮，
伴君独享暇余。
不解学问困惑兮，
仰天笑叹今古。
霾雾渐去渐远兮，
寤寐随起随居。
春花香芷已近兮，
硕果甘饴似缕。
古园清池深思兮，
浅沙浊垢淡去。
霞幕拥牵子衿兮，
月仙恋爱霓裳。
玉影游移盼归兮，
华灯铺彩引路。

今非落寞孤鹜兮，
静待晚成前途。

2017 年 3 月 4 日

## 迎春花

为抚春色欲登高，
阶台步疾绕丝绦。
青芽整队绽羞笑，
未遇清风黄蕊娇。

2016 年 3 月 25 日

## 清明祭

清明无雨泪千行，
叩冢焚香祭先灵。
井巷犹燃思故焰，
天堂哪有释怀情。

2016 年 4 月 4 日

## 端午节

### 其一

汨罗竹作筏，楚曲唤归家。
拂袖歌屈子，空摇一橹花。

### 其二①

逢门即入粽叶香，微信圈中祝友康。
未见屈平吟春赋，游龙舞跃望山芳。

2015 年 6 月 20 日晨

① 端午节至，追忆古人，祝好友朋，遂记之。

## 小　满

草木复枯荣，繁华落锦程。
弥阙思过往，小满慰余生。

2015 年 5 月 21 日

## 七夕（三首）

### 七夕燕①

天宫抖擞卷帘纱，顾燕调琴把韵拿。
吊影七夕约唤伴，云羊幕里阔辽家。

2015 年 8 月 18 日

### 七夕会②

俯倚斜晖守向阳，窗棱叩启美娇娘。
雕栏候鹊思情事，树果摇枝品醉香。
绕路牵牛逾瓦壁，连墙虎叶满桥梁。
地天不会微群聚，依靠彼肩待梦郎。

2015 年 8 月 20 日晚

### 七夕秋色③

踏步晨曦享日阳，秋分几许是秋凉。
人家探觅七夕影，我望青实待秋黄。

2016 年 8 月 9 日

---

① 有感于顾燕落于电线一景，遂记之。

② 有感于七夕节，遂记之。

③ 感叹秋天的凉风习习，果实累累，因秋色生情，表达期待之愿：一愿二宝早日到来，二愿大宝学习进步，三愿自己事业有转机。复杂之情均寓其间，遂记之。

## 观　湖[①]

浅夏时节雨打衫，钓垂堤岸悦篷船。
欲邀清伞遮鬓发，笑把禽鹅唤鹤仙。

2015 年 6 月 4 日

## 荷　竹

随波逐影立荷竹，泼墨青枝绘锦蒲。
尽晓芙蓉托彩绣，空茎堪赏媚莲出。

2015 年 6 月 5 日

## 晚　别[②]

户开扉动入城郭，静月随行语我托。
柳跃轩阁言旧事，卷留墨影任婆娑。

2015 年 6 月 8 日

## 雨　夜[③]

雨啸风寒寐不成，临窗叩问夜归程。
双栖燕雀檐屋下，把伞伊人候浴枫。

2015 年 6 月 11 日晨

---

① 小雨连绵，湿湿爽爽，惬意垂钓，乐赏风景，遂记之。

② 月夜送别，门开月走，柳动风寒，不忘著文以记，尽言离别之意、不舍之情。

③ 感于风雪雨夜中，爱人爱女惦念之情，祝愿幸福的人们，总有一个人为你打伞，为你守候！

## 阵雨中即景[1]

树怒风烈撞阁窗，路人摇伞步履慌。
正欲推帘寻避处，骄阳透翳照衣裳。

2015 年 6 月 17 日晚

## 小　暑[2]

盛夏桑拿初露面，杨槐叶醉入草坪。
娇儿尚且遮阳伞，不惑之龄散荫厅。

2015 年 7 月 7 日

## 夏　荷

水墨染青浦，玩蜓戏舞逐。
荷风吹几许，夏鲤吐闲余。

2017 年 5 月 24 日

## 骤雨遐思[3]

昨享红彤今沐雨，
暗流似注以何晴。
祈得仙力平风骤，

---

① 阵雨中，行人匆忙，狂风怒号，树木摇摆不定，躲雨的人狼狈至极，可只是一瞬间的慌乱，艳阳高照，一切如初。

② 正值小暑，小热闷态，树木低垂，花草无色，阴凉地难寻，故记之。根据《中国天文年历》显示，北京时间 2015 年 7 月 7 日 6 时 35 分迎来小暑节气，标志盛夏时节正式登场。每年 7 月 7 日或 8 日，太阳到达黄经 105 度时为小暑。小暑，二十四节气之一，指天气开始炎热，但还没到最热。它的到来，预示着高温天气即将开始，不久将进入“三伏天”。而此时，天气虽不像“大暑”前后那样炎热，但高温高湿的气候也已十分难耐，意味着我国大部分地区进入炎热季节。小暑分为三候：一候温风至；二候蟋蟀居宇；三候鹰始鸷。

③ 感于风狂雨骤，人生瞬变，遂记之。

天阔云开任尔行。

2017 年 6 月 6 日晨

## 秋 思

昨夜斜风细雨，
叶飘零、枝摇去。
晓晨寒褥如许，
肤冷彻、泪一注。
秋眠空待江南橹，
忘情处、多甘苦。
窗外落红积墙堵，
再相聚、功名举。

2014 年 10 月 31 日晨

## 白露（二首）

### （一）

晨披浸彻衣，午睡夏莲池。
涉履踱白露①，秋高冷暖知。

### （二）

白露着寒意，近秋上筑篱。
坤宇移节气，暮晨裹袄衣。

2015 年 9 月 8 日上午

① 白露是二十四节气中的第 15 个节气，更是干支历申月的结束以及酉月的起始；时间点在公历每年 9 月 7 日到 9 日，太阳到达黄经 165 度时。《月令七十二候集解》中说："八月节……阴气渐重，露凝而白也。"天气渐转凉，会在清晨时分发现地面和叶子上有许多露珠，这是因夜晚水汽凝结在上面，所以得名。古人以四时配五行，秋属金，金色白，故以白形容秋露。白露实际上是表征天气已经转凉。

## 中秋夜（二首）

### 其一：2014 年中秋

心如皓月逢春水，步辇蟾宫竞桂冠。
尽处秋风波色渺，丹霞满目好婵娟。

2014 年 9 月 10 日

### 其二：2015 年中秋①

中秋携朗月，夜宴品萄浆。
帐外顽童戏，清堂叙体康。

2015 年 9 月 27 日

## 西江月·青山斜阳望远②

青山斜阳望远，黄菊幽路近前。
素衣清面对亲颜，书页难翻新作。
桃宴竹林歌唱，舞绵宫阙迎仙。
位虚不见故人怜，双月空悬何盼？

2022 年 9 月 10 日

## 蝶恋花·万街坤华铺锦路③

——2022 年国庆节记

万街坤华铺锦路。冠冕扶风，行走千千步。
钦拜英名雕玉柱，晨歌旗展词为赋。
彩天虹霓仙苑聚。燕舞笙歌，听尽高山曲。
叠韵声来思无语，禅心云水知音遇。

2022 年 10 月 1 日

---

① 中秋之夜，全家聚首北京市昌平区肆维花园。感于老幼同堂，彼此絮念，互祝安康，遂记之。

② 中秋节与教师节是同一天，望月思故亲，遂记之。

③ 国庆假日，遂记之。

# 秋夜（二首）

## 其一

近户酣沉缕，远星耀皓京。
重来一盏梦，孤灯照秋明。

2017 年 11 月 5 日

## 其二

明灯一盏照夜寒，欲睡犹闻响语蝉。
正遇秋光时候好，凉风暖褥就春眠。

2017 年 8 月 30 日

# 秋　味

塞外岭霜排，平丘翠黄来。
重温秋意味，倒映净璃台。

2017 年 11 月 17 日

# 菊

金丝沉日月，绿蕊比竹松。
黛粉留过客，独寻状元红。

2017 年 11 月 11 日

# 秋　声

秋声阵阵橙黄季，硕果累累岁月禾。
喜为时节轻乐舞，轩辕沥血奏旋歌！

2017 年 11 月 18 日

## 重　阳

一夜秋风过，临河羡纸鸢。
重阳寻过路，且与落黄安。

2017 年 10 月 28 日

## 闲　记

军都峰下凡尘路，一缕蓬蒿记旧程。
甜梦徐来秋色起，晚晴日月续今生。

2017 年 10 月 1 日

## 望　秋

暖阁聊过往，寒阙空楼琼。
秋意人间重，谁人恋锦城。

2017 年 10 月 4 日

## 秋收图

黄蟹时节雨，稷菽笑满仓。
诗行难为画，割稻望秋忙。

2017 年 10 月 7 日

## 寒　露

鸿雁传书远，菊黄露近蒿。
霜寒蝉意尽，刈麦品梨膏。

2017 年 10 月 8 日

## 秋　景

天蓝叶黄地苍茫，秋风秋景秋煞人。
无翠无红无雕廊，有情有意有人生。

2014 年 10 月 18 日中午

## 无　题

平原秋色晚，枯木争春难。
心奇探鸟语，缘何恋家园。

2014 年 10 月 18 日中午

## 秋　霾

远看沃野月皎皎，近瞧周遭雾蒙蒙。
喜为农家炊烟渺，常闻觥壶交错声。

2014 年 10 月 23 日下午

## 京郊农家秋色

前庭竹，
后院花，
窗沿缀秋枝。
左曲径，
右险峰，
驻足处，
前路尘沙迷雾。

2014 年 10 月 29 日晨

## 秋日晨

夜觉窗牖啸寒风，晨起户外顾暖阳。

一杯香茶伴早客，几许书斋绕墨香。

2014 年 10 月 13 日晨

## 中元节①

祭祖中元现焰炊，履步巷口愿相随。
盂兰日子迎秋月，记挂君安梦里追。

2015 年 8 月 28 日

## 晚秋赋银杏②

落叶丛中赋晚芳，爷公种果后人尝③。
凡生几度辉煌季，絮散风清最杏黄。

2015 年 10 月 30 日

## 红枫秋④

雨落银乔飘籽英，花飞散逸雾桥星。
秋风莫问独孤意，向日枫红自解情。

2015 年 9 月 24 日

## 访　秋⑤

秋醉访林潭，青寒媚叶眠。
丹枫亲过客，暖艳渐阑珊。

2015 年 10 月 13 日

---

① 时逢中元节，又称盂兰节，观家家巷口，焚燃纸钱以慰先人，遂记之。

② 秋高气爽，万里无云，银杏黄嫩，感悟秋色之美，虽晚弥醉；人生之美，虽挫弥坚；文字之美，自待后人评，遂记之。

③ 银杏树的果实俗称白果，因此银杏又名白果树。银杏树生长较慢，寿命极长，自然条件下从栽种到结银杏果要二十多年，四十年后才能大量结果，因此又有人把它称作“公孙树”，有“公种而孙得食”的含义，是树中的老寿星，具有观赏、经济、药用价值。

④ 感于枫红秋色，遂记之。

⑤ 秋凉已至，有感秋意浓浓，暖情萧瑟，遂记之。

## 重阳闲笔

旧历重阳指隙翻，菊黄几度又登攀。
描摹帖赋临行楷，骏马闲来遛草鞍。

2015 年 10 月 22 日

## 晚秋晨思①

寒秋晚雨落千愁，日晓明晨唤梦游。
集获灵思囊万绪，随言片语刻楹楼。

2015 年 10 月 23 日

## 漠中秋色②

候问朝阳倚彩霞，峰结漠影路为家。
湖鸥翔飞阔野路，半转坡湾半景沙。

2015 年 10 月 30 日

## 秋　雨

轮回春夏依旧历，变换人生费度量。
几抹黛山藏远迹，连绵秋雨入愁肠。

2017 年 8 月 27 日

① 晚秋晚雨，清愁几许，随着日出，伴着清晨，唤醒夜梦，收集思绪，赞誉古人，即使片言，也因情深，记于楹楼之上，凭万古观瞻，名留史册，于是干前人才情，动凡人心性，遂记之。

② 行途中，问候日出，相伴夕阳，行行骆驼肩峰，成为沙漠最亮丽的光影，遥遥行进路，就是骆驼的家。在美丽的湖畔边，鸥鸟自由飞翔，像是为我们开拓前进的方向。在前方，我们的眼前，或是一段段坡路一段段转弯，或是一处处沙漠的醉人风光。

# 立秋（二首）

## 其一

暑过逢秋节气月，拾来落幕枕华年。
宿眠偶感清凉意，寒暖凡生顺自然。

2017 年 8 月 7 日

## 其二①

百望山前俊柏排，惊雹宿夜访京宅。
拂来片叶知秋意，近暮角儿沸灶台。

2015 年 8 月 8 日中午

# 立冬即景

碧草一花蝶，无知四季别。
冬阳相与顾，不问何时歇。

2017 年 11 月 7 日

# 雪　趣②

晨日清雪舞漫天，窗前冰柳挂寒檐。
孩童追逐忘餐饮，唯闻笑语声声传。

2012 年 1 月 7 日

① 角儿，饺子的别称。近日立秋，昨夜下了一场暴雨，冰雹如注，晨起，一片大好晴日，看山景，赏松柏，一叶知秋，一家人吃饺子，解读秋意，遂记之。

② 早上起床，正逢清雪飘舞，薄纱般笼罩四野，山白树白楼宇白，景色煞是好看，而楼下几个互相追逐于雪地上的孩子嬉笑连天，童音悦耳，不禁诗语顿生，遂作小诗以记之。

# 冬 思

雀跃枝南垂柳外，人约塞北醉花冈。
不知君旅何时返，空宿伊人碧海沧。

2011 年 12 月 7 日

# 望 雪①

雾雨结交越二周，隔窗望景欲伤愁。
晨迎片雪融心手，拭尽尘寰锁霾头。

2015 年 11 月 22 日

# 访 雪

——为小妹叶不落赋诗

沪往京来叩法门，诗群义厚鲁乡痕。
绒团叶覆朱红透，访雪寻根是故人。

2015 年 11 月 24 日

# 踏 雪②

踏雪游园访蓟都，须髯已上柏松图。
留痕只为书来路，叶彩缤纷没客足。

2015 年 11 月 25 日

① 北京城，雾雪接连不断，已经两周有余，不免令人伤怀感慨，临窗眺望，伤心事欲起，或事业无成，或逆境迭生。恰恰是那清晨早雪，片片落在掌心，融在手尖，也化在了心里。如此美景，人们又何必悲伤呢，还是让晴雪拭去久留的人世烦恼吧。

② 京都飞雪，踏雪访景，蓟门桥外，白雪覆盖，即使是冬青松柏，也耐不住冬寒临至，望眼处，皆是须染青干，髯浮枝头。扶枝探问：谁能留下岁月的痕迹？谁又能寻到来时的路？过去的终将过去，美好依然。自然万般景致，而今只有五彩的叶落纷纷——她们温暖着冬寒，也掩盖了过客的足。告慰冬寒，安慰己心，遂记之。

## 雪中花①

叶青簇簇立霄冬，烟雪层层蕊馨浓。
怎是秋花烛泪喜，清寒未驻美人宫。

2015 年 11 月 27 日清晨

## 立 冬

霰扬雪寒报初冬，同日普照境难同。
北倚长城南舞鹊，今朝最赞握情浓。

2015 年 11 月 8 日

## 冬日乡音

银屏唤睡眸，学友送乡幽。
觅探仙踪迹，霜花隐钓舟。

2015 年 12 月 16 日

## 冬 意

冬曦眸里凝晨光，宇厦怀间绣彩裳。
宅庭一隅落红意，怎及春柳青枝长。

2015 年 1 月 5 日

## 春节（三首）

### 除夕

褪去铅华苦乐甘，同为万户宴饮欢。
醇情入酒化琼液，醉过今宵又一年。

① 雪中花朵，枝叶青青，傲立天宇的冬季；雪落层层，吞吐浓郁的馨香。此情此景，还不能说秋天的花朵就喜欢在寒冬中林而泣泪，反而是冬冷还不彻底，还没有到达美人的心蕊……

## 初一

焰聚初一剪纸窗，童摇岁首百年忙。
红尘遍野催新岁，望却新枝吐翠长。

## 正月初六为母贺寿

墅院灯笼焰火频，厅堂挂彩曲迎宾。
六十六岁逢初六，吉顺安康伴柳新。

2016 年 2 月

## 元宵节（三首）

### （一）

正月十五缀彩灯，农家几户闹五更。
余晖散尽中秋月，陋舍隔听颂曲筝。

2017 年 2 月 11 日

### （二）①

总角②执灯唤友朋，古稀卧起引彩绳。
天庭刻刻传节讯，月月人间曲赋城。

2015 年 3 月 6 日晨

### （三）

五里花街醉柳荫，灯红酒巷探谜林。
归来不语藏踪迹，尽兴犹余似海滨。

2017 年 2 月 11 日

---

① 诗境诗语——农历正月十五元宵节。诗为七言绝句，首句仄起入韵式。大意为：元宵节日里，小孩子们很早就起床，为了做好元宵节的灯盏，执手唤朋，引得年迈的姥姥也兴致盎然，早早就飞针走线，为孙儿扎叠葫芦灯。于是乎，顽童嬉戏，其乐融融，共享天伦，自然就不得不惊叹那遥远天宫，时时都有节日嘉讯，更欢喜人间生活，月月都是文人墨客赋诗的佳期。赋诗以记，不负佳节，不亦乐乎！

② 总角：幼年泛称。

## 冬　至①

冬至逢阳万物随，灶开耳饺闹鹅追。
江南赤豆留香糯，共话薄烟一缕炊。

2015 年 12 月 22 日

## 元　日

隔窗赏雾腊月天，放眼追春越千年。
松理霜容怀旧岁，梅开秀色入新弦。
雪飘送我相思笺，浪劲逐他故国烟。
看尽风霾狂肆舞，收得世事暮苍山。

2017 年 1 月 1 日

## 待年关

又是年关到，梳妆候远朋。
岁月催人老，福娃伴此生。

2017 年 1 月 19 日

## 小　年

扫尘祭灶除污秽，纳瑞迎祥绣锦书。
鹊喜龙欢添月寿，糖甘果脆祝民福。
携家带口亲宗祖，育子求贤守礼俗。
唱晓金鸡接岁舞，小年旺尽大年途。

2017 年 1 月 20 日

---

① 冬至这天，太阳直射地面的位置到达一年的最南端，几乎直射南回归线（南纬 23°26′）。这一天北半球得到的阳光最少，比南半球少了 50%。北半球的白昼达到最短，且越往北白昼越短。在中国有冬至吃饺子的风俗。俗话说：“冬至到，吃水饺。”当然也有例外，如在山东滕州流行冬至当天喝羊肉汤的习俗，寓意驱除寒冷之意。各地食俗不同，但吃水饺最为常见。在今天江南一带仍有吃了冬至夜饭长一岁的说法，俗称“添岁”。

## 过　年

除夕春爱早，老少乐同堂。
襁褓翻身笑，耄耋阅典藏。
为娘哼小曲，作父树家风。
丁酉金鸡到，家和奔小康。

2017 年 1 月 29 日

## 贺新春

——丁酉鸡年为圈友拜年记

微风拂锦瑞，信笺送福安。
友立随心业，朋接顺意单。
春来梅雪竞，节后李桃攀。
快抵乡音处，乐为酒醉酣。

2017 年 1 月 27 日

## 正月游记

正月几家聚宴欢，
顽童不醉对言干。
军都北望山披雪，
水库南巡路展宽。
骄马昂扬驱沃野，
懒驼抖擞过阳关。
谁言少小不经事，
栉沐风寒亦闯先。

2017 年 1 月 31 日

## 如梦令·元宵节①

正月元宵节庆，走马灯中观影。
携少长同来，镂刻星云相应。
何境，何境，圆满安康为镜。

2023 年 2 月 5 日正月十五元宵节

## 如梦令·舞者

彩练飞天逐舞，波醉影灯频顾。
新友伴游时，休问客乡何处。
欢度，欢度，舟过拱桥寻路。

2023 年 4 月 15 日

① 正月十五，带着母亲，领着孩子，老少三代共同体验 2023 年的元宵节文化。昌平小伙伴的活动组织的效果超出预期——随老师的讲解追寻历史，探问今朝，尽享红色满堂的喜悦，老少满座的热闹，灯谜揭晓答案的惊喜，以及那份“走马灯”闪烁出来的久违的年味。志愿活动中，如若参与了，你是实践者；如若总结了，你就是思考者。当走过年头，形式也是一种仪式，充满传统文化博大精深的内涵。关注、体验、继承、弘扬，这正是文化赋予我们的使命！填一首新词以记之。

# 第四部分　自然万象

## 赠红岩[1]

红梅报早晴，岩立唱鸡鸣。
诗赋流年曲，友朋岁月情。
春来结贵友，节至祝安平。
快享甘醇醉，乐观吉日明。

2017 年 2 月 1 日

## 风信子

遇水生根蓄自发，
一株嫩蕊数枝花。
生命不弃重生爱，
喜阳爱春暖我家。

2017 年 2 月 2 日

## 早　市

市郊北望有军山，
鱼跃鸡啼闹语喧。
不厌买家折扣价，
路长人驻自蜿蜒。

2017 年 2 月 6 日

① 此处红岩系诗友笔名。

## 美人吟

清颜竹伞立，
望絮赋今生。
袖手遮来路，
百媚秀皇城。

2017 年 2 月 9 日

## 晨行（二首）

### 其一

晨行露晓晖，
远黛浅装羞。
静默行人路，
灯红伴旅归。

2017 年 2 月 13 日

### 其二

晨行日照奔西天，
过往车流沐彤丹。
若为明朝光一缕，
折腰溢汗肺腑甘。

2017 年 2 月 26 日

## 月　宫

清寒月上冷凉宫，
百草萌发待岁荣。
万物苍然祈夙愿，
春秋一度寿重重。

2017 年 2 月 15 日

## 别寒假

暑寒交替时节气，
四季轮回乃自然。
岁整节期星罗布，
人生惬意忘日闲。

2017 年 2 月 23 日

## 丑　橘

单花单果叶，
密碧闹梢枝。
百美遮一丑，
琼浆润入脾。

2017 年 3 月 1 日

## 絮

飞絮迷人眼，
落红总念情。
扶枝留鹊影，
只待古人停。

2017 年 4 月 10 日

## 静　竹

清川听瀑语，
闹市盼箫歌。
待入竹生馆，
初心赏山河。

2017 年 4 月 17 日

## 小　路[①]

吾家户外临福海，
杏葚垂青撞镜头。
艳李扶栏窥戏闹，
无名芷草吐芳洲。

2015 年 7 月 27 日

## 花　海[②]

青黛为幕花亦海，
蒹葭摇曳待舟渔。
吾家有女羡英豪，
言语只论刘与曹[③]。
虽至山水清幽处，
无意赏得花枝俏。
尽寻三藏[④]白龙马，
盎然扬鞭的卢[⑤]驹。

2014 年 10 月 11 日晚

## 山　河

苍天一柱峰，沃野现梯田。
长城银蛇舞，足雪映河山。
枫枝照塘池，松翠喜峻险。
忘川连西东，闲亭据深渊。

---

① 感于圆明园小宅的美妙，遂记之。
② 花海：位于北京昌平区南邵镇东营村七孔桥旁。
③ 刘与曹：指《三国演义》故事中的刘备和曹操。
④ 三藏：指《西游记》故事中的唐僧，唐玄奘。
⑤ 的卢：刘备坐骑的名字。

静慕湖中影，上下两重天。
海黛①能一色，雾雨看神坛。
梦里逐圣境，哪得宫监②拦。
访得蓬莱③踪，请君入仙园。

2014 年 10 月 31 日下午

## 禾 木④

华夏边陲一小镇，
三国交壤地自豪。
繁星点点遥可数，
毡房座座着锦袍。
缓缓齐河流幽谷，
漠漠炊烟梢头绕。
几处灯火溢宅暖，
惊呼人间仙境瑶⑤。

---

① 黛：指青山。

② 宫监：指天宫的守门人。

③ 蓬莱：古代传说中海上的仙山之一，也泛指仙境。

④ 禾木：一个新疆喀纳斯湖旁小巧的山村，它素有“中国第一村”的美称。据资料记载：禾木全称“禾木喀纳斯乡”，位于新疆北部布尔津县境内，与蒙古、俄罗斯、哈萨克斯坦三国接壤。布尔津是一个非常整洁的边陲小城，额尔齐斯河缓缓流过，岸边有禾木村桦林和成片的向日葵，中间还夹杂着当地人洁白的毡房，让人仿若置身传说中霍比特人的家园——夏尔国。禾木村是图瓦人的集中生活居住地，是仅存的 3 个图瓦人村落（禾木村、喀纳斯村和白哈巴村）中最远和最大的村庄，总面积 3040 平方公里。这里的房子全是原木搭成的，充满了原始的味道。禾木村最出名的就是万山红遍的醉人秋色，炊烟在秋色中冉冉升起，形成一条梦幻般的烟雾带，胜似仙境。

⑤ 瑶：意指瑶台，传说中神仙居住的地方。

## 晴　日①

风来霾散尽，
秋去柳犹青。
一株黄银杏，
笑把晴日迎。

2014 年 11 月 2 日午

## 红与黑

墨浓柿红画意新，
心淡境雅诗情扬。
不见秀彩频频舞，
但闻果鲜缕缕香。

2014 年 11 月 4 日

## 鹭　鸶

忽遇蓝天碧日都，艳阳杏柳美娇柔。
故鱼已随秋日去，徒留饿鸟立桥头。
不知何故别薮②泽，城郭怎比野郊洲。
若得新仁相顾守，翘首以待自与候。

2014 年 11 月 5 日

① 组图是校园一处处秋景。中国政法大学的校树乃银杏，因此，法大校园内，银杏树处处可见。这不仅是秋的美景、诗的意象，也是心灵栖居之所，尤其是在雾霾无时不在的季节，晴日的获得就更显难得，故以此为赞。

② 薮：［sǒu］生长着很多草的湖泽。

## 霞[①]

放飞晴日收红霞，
撷采蓓蕾献锦穹。
若邀辰宿坐夜幕，
能享他朝万里空。

2014 年 11 月 18 日

## 格桑兰[②]

信手置苑无心栽，
远雨离风独自开。
追问故里何处在，
一抹香魂藏原来。

2014 年 11 月 18 日

## 京都火凤凰[③]（三首）

### 其一

冬至晚来风，学归迎旧故。
抬头观凤舞，原本预朝晖。

---

① APEC 蓝之后，一直晴日无限，煞是喜人，于是有感，遐思连篇以记之。

② 格桑兰：生长在海拔 5000 米以上，属翠菊科的格桑花，就是杜鹃花，又称娑萝，它的故乡是西藏、青海、川西、滇西北那无边的大草原，被藏族乡亲视为象征着爱与吉祥的圣洁之花。

③ 火凤凰：2014 年 12 月 24 日北京天空出现“火凤凰”晚霞。这是一个奇特的自然景观，当霞光呈现出凤凰的形状，也自然蕴含了人们的美好遐思。平安夜，凤凰舞，一切美好皆记于此。

### 其二

宫阙数流年，浊酒寄人间。
不觉曦霞照，飞凤绕锦坛。

### 其三

凤霞栖斜枝，城宇暗相依。
祥艳真若火，亮我五彩衣。

2014 年 12 月 24 日

## 暮晚遇新人

冬至微寒奏梅香，
月扶枝头听弦长。
楼外两声锣鼓闹，
倩影一对入帘窗。

2014 年 12 月 23 日

## 上帝之眼①

虹霓②双合据长空，

① 上帝之眼：即倒挂彩虹，学名环天顶弧。2014 年 12 月 31 日早上，北京天空出现倒挂彩虹，被誉为“上帝之眼”。这种罕见奇观，看上去就像天空在神秘地微笑，因此科学家将其命名“上帝之眼”。

② 虹霓：屈原在《楚辞・远游》中云：“建雄虹之采旄兮，五色杂而炫耀。”在《楚辞・九章・悲回风》云：“上高岩之峭岸兮，处雌霓之标颠。”“虹双出，色鲜盛者为雄，雄曰虹。暗者为雌，雌曰霓。”（《尔雅・释天》疏）“江城如画里，山晚望晴空。两水夹明镜，双桥落彩虹。人烟寒橘柚，秋色老梧桐。谁念北楼上，临风怀谢公。”（李白《秋登宣城谢朓北楼》）“虹，螮蝀也，状似虫。从虫，工声。”（《说文解字》）从虫，表明古人认为虹是一种类似长蛇的生物或者神物。古人甚至认为虹也分为雌雄两种，这样看来，色彩鲜艳的为雄虹，颜色暗淡的是雌虹，称之为霓。实际上，自然界确实经常出现两条彩虹同时出现的美景。现代科学称之为主虹和副虹，主虹是指阳光通过大量小水滴，经过一次反射和两次折射形成的光谱排列，色带排列外红内紫，色彩较为鲜艳；而副虹是阳光经过两次折射和两次反射形成，位于虹的外圈，色带排列外紫内红，色彩要暗淡得多。还有一种雾气上形成的虹，颜色很淡，通常呈白色，古人同样归类于霓，所以说“霓，屈虹，青赤或白色，阴气也”。（《说文解字》）

天河为衣云当裳。
窥探人间妩媚笑，
鲁师①亦叹造桥工。

## 亭午思

正午偶拾闲，
流华墨韶年。
踌躇无得语，
对句效易安。

2014 年 1 月 6 日

## 天鹅湖②

镜面银姿吻艳阳，
鳞波热舞逐蟾宫。
穹湖共色天光晚，
曲颈流连万里彤。

2015 年 3 月 19 日

① 鲁师：指鲁班，姬姓，公输氏，名班。又称公输子、公输盘、班输、鲁般。鲁国人（都城山东曲阜，故里山东滕州），“般”和“班”同音，古时通用，故人们常称他为“鲁班”。他生活在春秋末期到战国初期，是我国古代的一位出色的发明家，我国的土木工匠们都尊称他为“祖师”。

② 天鹅湖图景，美不胜收，遂作诗以记之。

## 玉兰花①

云萼芙蓉②玉莲春，
阆苑仙葩③龙女④身。
窈窕素娥⑤约绰态，
一拈罗帕秀满门。

## 槐　花

雀绕窗棂五月天，
紫羞雾里艳阳关。
思寻对面为何物，

① 玉兰花（学名：Magnolia denudata），木兰科木兰属观赏树木。别名白玉兰、望春花、玉堂春、木兰等。是我国特有的名贵园林花木之一。玉兰花原产于长江流域，现在北京及黄河流域以南均有栽培，庐山、黄山、峨眉山等处尚有野生。古时多在亭、台、楼、阁前栽植。现多见于园林、厂矿中孤植，散植，或于道路两侧作行道树。北方也有作桩景盆栽。玉兰2—3月开花，6—7月果熟，花大型、芳香，先叶开放，花期10天左右。中国政法大学校花。河南省夏邑县县花。此诗作于2015年3月20日。盎然春季，美景无数，校园一景，玉兰花开。远望出，如芙蓉绽放，似银枝托莲花，谁知前世，竟是龙女之美誉。细瞧间，姿容如月之皎洁，姿态何其之美好，不妨随手轻轻撷取一份芬芳，哪堪香意充满在书香盎然的闺中书斋呢！记之，与友朋共赏共享。

② 芙蓉：是指木芙蓉又名芙蓉花、拒霜花、木莲、地芙蓉，华木，原产中国。喜温暖、湿润环境，不耐寒。忌干旱，耐水湿。对土壤要求不高，瘠薄土地亦可生长。属锦葵科、木槿属，落叶灌木或小乔木。丛生，植株高2—5米。大形叶，广卵形，呈3—5裂，裂片呈三角形，基部心形，叶缘具钝锯齿，两面被毛。花于枝端叶腋间单生。9—11月间次第开放。花、叶均可入药，有清热解毒、消肿排脓、凉血止血之效。

③ 阆苑仙葩：这是一个典故，出自《红楼梦》，指海棠花。“阆苑仙葩”之“阆苑”典出《集仙录》：“西王母所居宫阙，在……阆风之苑，有城千里，玉楼十二”，显然，“阆苑”为“阆风之苑”的缩写。李义山也曾有“十二层城阆苑西”之句，其次，《说文》中有“葩，华也”，可见“阆苑仙葩”之“仙葩”即仙花之意。“一个是阆苑仙葩，一个是美玉无瑕。若说没奇缘，今生偏又遇着他；若说有奇缘，如何心事终虚化？一个枉自嗟呀，一个空劳牵挂。一个是水中月，一个是镜中花。想眼中能有多少泪珠儿，怎经得秋流到冬尽，春流到夏！”（《枉凝眉》）

④ 玉兰花中有一种“龙女花”，又叫大理木兰，花色洁白而馨香，据《滇海虞衡志》载：“龙女花，止一株，在大理之感通寺……苛赵加罗修道于此，龙女化美人以相试，赵起以剑之，美人入地生此花。”花以龙女相喻，可见其美。

⑤ 素娥：这是中国古代对月亮的别称。在传说中亦是月中女神，即嫦娥。

串串槐花落翠盘。

## 北京蓝[①]

厦新红瓦卧天楼，
槐寿青枝竞耀头。
车轿虚乘轮驷技，
晴空探望为翔愁。

2015 年 6 月 11 日午间

## 暮　归[②]

晨晴暮晚露羞花，
彩带一条万里搭。
携得娇娃双挽手，
共随月影对应答。

2015 年 6 月 13 日午间

## 仙　境[③]

团花枝粉峭壁端，
秀李仙亭两样天。
几处农家勤事作，
收得望眼漫梯田。

2015 年 6 月 16 日晨

① 法大校园，老槐俏枝，红瓦醒目，与蓝天相映成趣，即使车轿之物也有入天飞云的斗志，遂记之。

② 有感于父女二人手拉手，同上下的温馨一幕，故以记之。

③ 赏云南美图，美不胜收，遂记之。

## 忆江南①

不宿江南不晓情，
身归边塞仿橹行。
庄旗风动迎羁旅，
几叶扁舟几夜青。

2015 年 6 月 25 日晚

## 雀之灵②

彩飞秀艳戏蓉毡，
对语鹩哥畅古谈。
再忆当年灵雀舞，
席帘卷册伴花仙。

2015 年 6 月 27 日晚

## 晨　荷

初日莲蓬向阳遮，
逢得雨闹拒腰折。
香泽古寺玲珑塔，
翠色连拥捧晓荷。

2015 年 6 月 29 日晨

## 骤　雨③

鲜鲤鱼娃跳市集，

① 江南美景，十年前曾亲临其境，而今看美图，美不胜收，遂记之。

② 欣赏舞者的舞蹈，追忆当年的风采，而今貌若天仙，不逊少女，反而因花鸟相伴多了更多仙女气质，遂记之。

③ 感于南方台风强劲，闹市雨注，鱼虾冲于其间，遂记之。

过街客旅赏寻奇。
游得楚地江流阔，
乐道餐盘蟹贝齐。

2015 年 7 月 13 日晚

## 记七月十四日风雨大作①

午夜风狂震院庭，
瓜果碎裂任飘零。
隔栏听尽雷雹啸，
骤雨倾盆伴响冰。

2015 年 7 月 14 日晚

## 北河沿雨后观渔②

虐雨风泼暗夜搏，
沿河近处涌澜波。
三夫把盏缀莲地，
一网青鱼跃岸箩。

2015 年 7 月 23 日晨

## 茉莉花③

素靥悠然壑谷柔，
青颜漫润舍窑绸。
轻撇秀色十分媚，
淡品一杯万古幽。

2015 年 7 月 30 日

---

① 感于午夜强风暴雨，树动山摇，瓜果飘零，遂记之。

② 感于昨夜强风暴雨，晨起初晴，北河沿水波汹涌，见街坊三人齐心拦网，撒网捕鱼，数条鲜鲤纷纷跃入岸上鱼篓，继而，对坐八仙桌，共叙猎鱼事，惬意十足，民之乐无非如此，遂记之。

③ 有感于茉莉花茶芳香雅致，遂记之。

## 晨　光[1]

推窗望断晨朝雾，
倚翠聆听鸟语聒。
任性邀约阳暖客，
光鲜似缕手尖托。

2015 年 7 月 31 日

## 赏花诗[2]

赏尽奇才百样诗，
何言袖手续华词。
空执软墨思文曲，
独坐书斋阅卷疾。

2015 年 8 月 6 日晨

## 花千骨[3]

长留幻影道仙风，
六界轮回诡异腾。
万艳凋零图圣器，
流情岁月默琴笙。

2015 年 8 月 2 日

---

① 有感于晨光之美，遂记之。

② 偶看《中国十大名花》《咏花诗》，自然感叹华天花地花样诗，美奂美轮美人词，有感而作。

③ 《花千骨》是一部热播电视连续剧，情魔孽恋剧，有感而记。

## 爱　荷[1]

翠幕独拥两影绵，池荷秀爱罩垂帘。
团苞裹色羞为蕾，恋籽青蓬顾睡莲。

2015 年 8 月 7 日晨

## 过沧州[2]

桥头蓟里启跋程，郡口沧州忆林冲。
断隘流云皆故事，春秋鲁墨岭崖松。

2015 年 8 月 9 日中午

## 薰衣草[3]

蓬蒿艾里束身娇，剑草丛中栉比高。
画册常留君绛色，偏求致雅驻坡腰。

2015 年 8 月 11 日晨

## 无名花[4]

聚放纤柔芷草芳，留收丽色染锋芒。
真名未必镌青史，道论诗书作馆藏。

2015 年 8 月 12 日晨

① 因观诗友荷花照，有感而书。

② 自驾赴徐州探亲，路经沧州，孩儿们立即想到了《水浒传》中林冲曾发配沧州的故事情节，皆兴奋不已，故以沧州为题书怀，遂记之。

③ 在徐州淮海战役纪念馆，处处可见薰衣草。孩子学习油画曾经画过薰衣草，见其真容有多些感慨，遂记之。

④ 探亲徐州，散步云龙山，一路秀色，一路无名花。有名，因名而日彰；无名，因无名而日微。虽无名，然则生命依旧旺盛，其花其色其香味，不逊幽兰香草。翠中含芳，独取一枝。花如此，人亦如此。有无之间，万千人生。缘于无知无学，我不知其名，但可赋其诗，留其名。

## 暮色掠影

——为老同学写诗

淑媛小艇钓鱼舟，翠柏苍松对迎头。
面岸亲呼霞万缕，闲情一抹画中游。

## 云龙山色①

绕树亭花架鹤蓬，停枝乳燕卖新萌。
云龙顶处祈福寿，庙祖堂前俯瞰城。

2015 年 8 月 17 日

## 云龙湖（二首）

### 其一

晓月云龙荡漾舟，山湖映秀浪逐忧。
人生过客驹如隙，甩落轻霞越暮游。

### 其二

湖光渐晚游人畅，赏却流波渡艇旁。
子女交轮争舵桨，惊飞橹鸟带鸥翔。

## 闹市街游②

海棠抱果丽着袍，银杏结实青坠腰。
凑趣喇叭三五朵，垂枝杨柳六七条。

---

① 徐州游云龙山，美山美湖，遂记之。
② 有感于晨起早游所见，遂记之。

旅人刻刻笑眸眼，居客频频寻望梢。
南北西东瓜上市，后前左右闹如潮。

2015 年 8 月 21 日

## 奥体健走记①

假日校朋邀，如约奥体聊。
晨曦穿柏隙，岸景过渔樵。
力富呼童叟，身强越野郊。
独孤追望影，叹笑赏枫摇。

2015 年 8 月 23 日午

## 算盘记②

游珠算板③始商周，葬墓陶丸④记起由。
绘品犹寻泽世作⑤，拨盘古迹隐宅楼。

2015 年 8 月 24 日午

## 牵牛花⑥

牵牛命意未见牛，午谢朝开是夙求。
夏季旋花缠绕蔓，轮回际遇已为秋。

2015 年 8 月 26 日上午

---

① 感于奥体 5km 健走而作。
② 午饭后，小区散步，竟然看到健身区的大算盘，可疏动筋骨、可按摩指腕，游戏锻炼之余，思其本源，遂记之。
③ 游珠算板：指秦汉珠算的称呼。
④ 陶丸：指出土于西周古墓的 90 粒青黄两色陶丸，至今最早的算珠，距今约 3000 年。
⑤ 泽世作：指北宋画家张择端所绘的《清明上河图》长卷。其卷末的赵太丞药铺柜台上，即有一只十五档的算盘。《清明上河图》因此成为最具有珠算史研究价值的珠算文化绘画类代表作。
⑥ 感于牵牛花素雅，虽有规律绽放，但也不得不面临秋的宣判。

## 宅墅观雨①

庭漫轻烟隐远芳，雨珠缀线挂棱窗。
栅墙红锁柴闺苑，柔阅碧菲叩柳长。

2015 年 8 月 30 日下午

## 观翠（二首）②

### 其一

远川叠岭卧清朝，薄目苍松锁骨桥。
探腕奇石遮望眼，独观傲骨叶林骄。

### 其二

嶂岭翠围绦，岩松伴古桥。
静波生浪雨，活鲤跃舟礁。

2015 年 9 月 3 日晚

## 雨中登长城③

耄耋并挽手，童力助亲程。
志退清秋雨，豪情壮柱峰。

2015 年 9 月 4 日下午

---

① 看望母亲和小妹，在其宿所，逢暴雨，依栏窗，赏远景，近有栅栏围墙，远影婆娑不可现，遂赋诗以记。

② 感于校友师妹浙江桐庐富春江美图，惊奇石、奇木之殊傲，遂记之。

③ 这日，耄耋之年的爷爷奶奶勇攀慕田峪长城，9 岁女儿扶老携亲，童趣童勇可嘉，风雨兼程中，老少者不仅攀到最高峰，而且称誉自在好汉，自豪无限，老少皆乐，遂记之。

## 争　艳[①]

繁草亲阳露，花芳晒俏姿。
谁言桃李艳，作我换披衣。

2015 年 9 月 4 日晚

## 普陀山[②]誓言[③]

南天寻普陀，际海有佛国。
拥手护环保，年少亦楷模。

2015 年 9 月 8 日下午

## 泰国普吉岛[④]

安达曼海嵌珍珠，印度洋边浪润肤。
奈汉珊瑚椰果挂，白沙恭候享轻愉。

2015 年 9 月 9 日上午

---

① 美女、美照、美景，即使是桃李之艳，也不过是美人的换季衣裳，足见其美姿，遂记之。

② 普陀山，与山西五台山、四川峨眉山、安徽九华山并称为中国佛教四大名山，是观世音菩萨教化众生的道场。普陀山是舟山群岛 1390 个岛屿中的一个小岛，形似苍龙卧海，面积近 13 平方公里，与舟山群岛的沈家门隔海相望，素有“海天佛国”“南海圣境”之称，是首批国家重点风景名胜区。2007 年（丁亥年）5 月 8 日，舟山市普陀山风景名胜区，经国家旅游局正式批准，为国家 5A 级旅游风景区。“海上有仙山，山在虚无缥缈间”，普陀山以其神奇、神圣、神秘，成为驰誉中外的旅游胜地。普陀山是国务院首批公布的 44 个国家级重点风景名胜区之一，中国国家 5A 级旅游景区，全国文明山、卫生山，浙江省唯一的 ISO14000 国家示范区。

③ 小朋友宣誓言，普陀仙山，年少芳华，看图记之。

④ 泰国最大的岛屿，印度洋安达曼海上的一颗“明珠”。它的魅力来自它那美丽的大海，令人神往的海滩，堪称东南亚最具代表性的海岛旅游度假胜地。这里的海滩类型非常丰富，有清净悠闲的卡马拉海滩，有感觉豪华的、像是私人性质的苏林海滩，有海上体育运动盛行的珊瑚岛、奈汉海滩，还有夜晚娱乐活动丰富多彩的芭东海滩和因 007 电影名声大噪的攀牙湾……普吉岛的魅力还不仅仅在于迷人的海滩，“普吉”一词在马来语中是山丘的意思，除市区外，岛上到处都是绿树成荫的小山岗、椰林、橡胶树林点缀其间，风景名胜比比皆是。这里岛上一幢幢造型不同、建筑在柔软白沙上、面向碧海蓝天的旅馆、酒店仿佛都微笑着恭候来自世界各地的游客。

## 崂山①赞②

海上仙山道教宫，不输远岱③入云丛。
千年古杏④称一赞，聚鲁文明⑤盖世功。

2015年9月9日中午

## 梦漓江⑥

洞谷接峰绣锦坪，回红绿水绕滩萦。
何时挽舞岩簪带，万影林峦与舟行。

2015年9月22日

---

① 崂山：古称劳山、牢山，位于中国山东省青岛市崂山区，黄海之滨，是中国著名的旅游名山，被誉为“海上第一仙山”，主峰巨峰（崂顶）高1132.7米，为山东省第三高峰。1982年被国务院设为中国名胜景区之一。其上道教宫观太清宫1983年获称道教全国重点宫观。在山东有“泰山虽云高，不如东海崂”的说法，足见崂山之盛名。

② 闲观崂山图片有感而记。

③ 远岱：这里指五岳之首泰山。

④ 古杏：这里指位于泰山流清河—八水河途中的那棵千年银杏树。

⑤ 文明：这里指崂山的历史名士和宗教文化。崂山地处中原东部，在齐鲁文化大地，而山海连接，很早就被人注意到，在古已经出名。所以与之相关的历史文化名人也很多。例如：蒲松龄——清代淄川人，著名小说家，蒲松龄曾经多次游览崂山，为崂山写文作诗，并在他的志怪体小说《聊斋志异》中写了两篇关于崂山的短篇小说：《崂山道士》《香玉》。而香玉的主人公之一绛雪就是崂山太清宫三官殿园内东侧的耐冬树（又名山茶、曼陀罗、玉茗），树龄已有500多年。故事中耐冬、牡丹的动人故事也随《聊斋志异》而广为流传。小说中的另一主人公香玉为耐冬旁的一株牡丹花，但“白牡丹已经憔悴而死”，只剩绛雪流芳在崂山。丘处机——全真教第五任掌教，全真七子之一，龙门派的祖师。曾经三次上崂山传教布道，并在崂山上留有多处石刻。上清宫有丘处机衣冠冢。康有为——1927年病逝于青岛，死后葬于崂山枣儿山西麓。从宗教方面来看，崂山分布有佛教和道教两派宗教，而以道教为盛。目前崂山道教以全真教为主流。道教——春秋时期已有方士在崂山修身养生。到西汉时期，张廉夫到崂山授徒布道，奠定了崂山道教的基础。从西汉到五代，崂山分布有太平道和天师道，宗派主要为楼观教团、灵宝派、上清派。宋代崂山道士刘若拙的华盖派为盛。金元时期，是崂山道教的兴盛时期，全真教这一时期在崂山大兴。太清宫为全真第二大丛林。崂山分布的道观有“九宫、八观、七十二庵”之称，可见其道教的影响力。目前崂山还存在道观有太清宫、上清宫、明霞洞、太平宫、通真宫、华楼宫、蔚竹庵、白云洞、明道观、关帝庙、百福庵、大崂观和太和观。佛教——佛教在崂山的影响力远不及道教，到现在残存的寺院也只有法海寺和华严寺被列为青岛市文物保护单位保护起来。

⑥ 望漓江风景图，美不胜收，遂记之。

## 醉草原

手握清空逐日盛，轻偎牧帐醉包乡。
途生得遇拥天路，甩却鞭儿放云羊。

2015 年 9 月 22 日晚

## 晨山掠景

依稀岸柳慰礁棱，半片桃红炫故城。
古韵亭阁回首望，一泓涧瀑暖悬藤。

2015 年 9 月 26 日

## 绿　豆①

别郊野墅移苗梗，淡色清姿自作息。
露雨汲阳无再顾，期秋盼果未求及。
娇呈素雅泽邻里，嫩褪含实裹墨衣。
一瞬绽袍融沃土，万勺粳米送芳泥。

2015 年 10 月 5 日

## 郊　游②

冷景温泉入户来，秋驼夏畜慢徘徊。
轻回望目寻亲影，笑赞英侠跃箭台。

2015 年 10 月 6 日

---

① 妹妹蜗居，种了数颗绿豆，无人问津，无人光顾，清秋已经果实累累，遂赞之记之。
② 河北牛驼温泉别墅区内，牲畜放养，箭台搭建，欧洲风情，郊野气氛，遂以诗记之。

## 温州乡居

乡山院里落华灯，暮候朝拾浴客风。
柿树遮廊枝果满，朱笼两串挂锦棚。

2015 年 10 月 20 日

## 昆园拾粹①

霓虹市井静余闲，盛世梨园醉汝仙。
款步轻吟折皱扇，纹裙曼舞转重天。
梳妆粉墨胭脂扣，坐卧香怀凤鸾巅。
不喜新词逐豪放，常随娟曲宿昆坛。

2015 年 10 月 23 日

## 醉　情

君拟宋词腔，依着阙苑裳。
何时得醴②醉，尽意赋情长。

2015 年 10 月 25 日

## 闲　旅③

云浮殿宇壑随丘，陆影斑驳撒娇羞。
过客闲儒留恋意，由缰骏马饮清流。

2015 年 10 月 31 日

---

① 有感于昆曲精致雅气，浓妆素情，爱意粗犷，文辞秀美，内敛含蓄，遂记之。

② 醴：[lǐ] ①甜酒②甘甜的泉水。

③ 朵朵白云，飘浮在蓝天上；条条山谷，追逐着沙丘依偎。浩浩茫茫的沙海上，层层光影交错纵横，如撒娇的艳阳使者。三两位游者，踏溪而过；七八位儒士，论道而行；匹匹骏马，脱缰闲适，条条清流，皆成甘泉，滋润沃漠，滋润行旅。只见自然融合万物，只想人类亲近自然。流连之处，皆是风景。

## 漠驼①

漠浴霞辉赴锦城，足行万里耸肩峰。
遥寻素帐沙洲绿，踏旅留痕越五更。

2015 年 11 月 1 日

## 藏域咏怀②

雪域朝行拜谒城，清空碧晌沐春风。
天国一首随心曲，寤寐悠然忘与争。

2015 年 11 月 1 日

## 蝶恋花③

素娥扑蕊吮琼浆，秋冷渐袭续春光。
再见新阳蝶恋吻，偏隅画语动柔肠。

2015 年 11 月 2 日

---

① 骆驼——“沙漠之舟”，总是在沙漠的暮色彩霞里，走向心中向往的锦绣心城。尽管是万里之遥，不言苦累，不挫脚足，始终高高地耸起坚韧的背上驼峰。为了寻找着沙漠中的毡房，为了一直向往着的生命绿洲，走过星夜与寒冬，只将一串串前行的脚印，留在漫漫的沙途中。

② 西藏是万人虔诚朝拜的地方。在这里，无论是清晨，还是中午，人们都会沐浴在祥和的气息里；在这里，时时处处都在演奏着同一首随人心性的乐曲，或醒，或睡，人们都是悠然自得；在这里，心旷神怡间，你我都会忘却人世间纷纷扰扰的情爱纷争，让浮躁的彼此，心净意清。

③ 秋日郊游，竟能遇到翩然飞舞的蝴蝶，素然淡雅，吮吸着花的芳泽。在凉意渐渐袭来的深秋，此种情景，自然是延续着春天的美丽。当我们看到艳阳下这一温情的一幕，谁会不被这动人的场景感化心怀呢！

## 芦苇花①

兼葭叶草傍堤渠，四境芦花荡浪浮。
莫叹金枝蜗野宿，精禾萃取曳华都。

2015 年 11 月 2 日

## 虹　桥②

依栏观鹊舞，越翠访桥虹。
未必攀高宇，天宫自可穷。

2015 年 11 月 3 日

## 叶③

飘摇叶落饰青萍，散瓣随根夜幕星。
雨雪当为结义伴，丛棘宿醉待天明。

2015 年 11 月 12 日

① 兼葭，本指的是芦苇。芦苇生于池塘边，长在湿地里。芦花飘荡之景，更是郊居常趣。而今，在京都三环，晓月河畔，也能赏一处秋中苇花。也许，寻常草木，固然不是金枝玉叶，但经百挑千选，终得傲然摇曳，栖居在金秋京城的繁华里。景如此，人亦然。我不是苇花，我只是虔诚的看者……

② 在北京三环路旁，有一条静静流淌的晓月河。河上横桥，红得如火，形状似虹。在翠色笼罩间，独为一景。在此，你除了会看到三五散步行人，偶尔还会看到一两只喜鹊飞过。它们或栖于桥栏上，或舞于枝杈间，为平静的河岸风光增了一份灵动。于是不得不感叹，在这里，不一定要攀跃天梯高楼，费时费力，游者就可以享尽仙宫之美，体验到来自上天的眷顾和独得的惬意。心静，万物为美景；心纯，人间是仙宫。这就是“风景在人心”的境界吧。

③ 叶，本就从根而生，即使点缀一寸青绿，也终要回归故土，魂守芳泥。风雨中飘零，从草间寻根，自然是必经的宿命……物如此，人亦然。争名，只是一时炫耀；逐利，仅获片刻星辰。人生风雨是常态，在经历人生的波折痛苦之后，人最终如落叶归根，要回归来处，一无所有，遂记之。

## 恋　旧[①]

素裹常心怀旧意，芳容玉照立桌台。
不觉眉眼留清月，独看鸢飞燕雀来。

2015 年 11 月 16 日

## 水[②]

冰坚化水去寒流，聚气生财汇紫丘。
以韧磨棱终入愿，形云上下自由求。

2015 年 11 月 18 日

## 赤兔赞（两首）

### 其一

闲适静观跃马鞍，试为驹兔闯千山。
三江汇作窗前景，五岳峰高赏踏岩。

### 其二

冬银夏翠四时轮，悟过炎凉定世坤。
自待娇兔为赤马，黄泉葬尽雾霾魂。

2015 年 12 月 2 日

---

① 山口百惠，日本影视歌三领域的巨星，影响力不亚于邓丽君。喜欢她的恬静素雅，敬慕她的功成而退。相夫教子，回归家庭，虽甘守平淡，却握住了幸福。而作者呢，不惑之年，行云流水，业无所就，理想难酬，只能寻访旧照感叹岁月无情，故比附叹之罢了。

② 坚冰化作流水，但却人生苦痛。水凝聚为汽，升腾吉祥，预兆财富。水凭借柔性，终能攻克万物尚存的棱棱角角，实现夙愿。人生若像水汇成了轻汽，自然可上可下，可进可退，自由探索，获得最高的人生境界。

## 霾　赋

寰宇霾袭，自与雾生。狂欢粒物，竞顾京城。
族类羸弱，励志以耕。限行空日，减排节能。
悠悠夙愿，偕云蒸腾。童学宅墅，师对孤灯。
休课亦读，任尔蒙蒙。天惩众逆，地灾层层。
芳草毓秀，三界始朋。园木为林，望目仙藤。
善恶不分，风奏枯声。阴阳协调，乾坤归更。
人心复古，吾气清澄。民皆自省，幸至福呈。

2015 年 12 月 18 日

## 雅　聚①

琴流一曲岭南风，画坊独馨聚雅朋。
举箸邀宾冬春意，莓香酒重载相逢。

## 滨河游

滨河细雨落清湖，鹅卵柔石作卷读。
事理常随万物起，童孩乐索古迹图。

## 赠长沙友人诗

黄菊翘首麓山城，玉宇雕廊雨落宫。
坐享洲头渔钓乐，同约艺苑赋诗朋。

① 与诗词书画大家雅聚，奏古琴，书墨香，品茗茶，赏画作，乐享闲暇的假日。

## 观　虹[1]

恋晚辉映晒霓虹，嫦娥甩袖探苍穹。
天庭亦有瑶池舞，地界何曾现晴空?!

2016年5月23日

## 咏墨荷

一墨丹青半壁山，三滴露雨九重天。
隔栏尽染平川阔，胜景花容我最鲜。

2016年5月29日

## 公园即景[2]

绕树庭花架鹊蓬，停枝乳燕卖新萌。
云龙顶处祈福寿，庙祖堂前俯瞰城。

2016年6月1日

## 夜　思[3]

烛寒半盏愁，书暖一厢柔。
数载寻师梦，得圆岁染头。

2016年6月14日

---

① 天界有虹霞异彩，人间并非万事顺意，感于世事无常，变幻莫测而作。
② 游昌平公园所记。
③ 有感梦想之蹉跎而记。

## 竹 赞

黛叶附孤枝，情绵厚意栖。
结节寻问路，劲影越崖石。

2016 年 6 月 27 日

## 秋 荷①

恋叶瑶池舞，思心隐蕊窝。
三池莲羞涩，万亩荡秋波。

2016 年 9 月 1 日

① 荷花意象是诗人不朽的书写主题，感于圆明园满池秀色，遂记之。

# 第五部分　阅书拾雅

## 独　著[1]

墙留只影举华灯，近步空移万籁声。
笔触狂澜回暖墨，宣张点化陋书呈。

2015 年 9 月 25 日

## 诗外笑评[2]

文人自古恋朝堂，满腹经纶献帝王。
哪是疯癫诳呓语，无非酒醉溢轻狂。

2015 年 10 月 24 日

## 仕者晨语

晨窗片雪敲寒棂，夜雨一诗品暖茗。
盛世重温思想境，华都再忆感人情。
着装仕者弘文化，戴锦荣华佩魅翎。
热血须眉求定力，才杰志韧润华菁。

2015 年 11 月 6 日

① 感于读书清苦，遂记之。
② 有感于古人自恋之作，借酒为诗，遂记之。

## 题画闲句

君赠一幅画，依填两段词。
寒梅梢弄影，望景月归时。

2016 年 3 月 28 日

## 书会记①

思雨连珠挂线廊，会诗闺苑品词芳。
衔来满眼花千树，不枉春朝雅情长。

2016 年 5 月 14 日下午 3∶00

## 书　痴②

菱花铜镜映青丝，梳篦微行耸高髻。
勿笑书生痴中举，凡尘何辈淡琉璃。

2015 年 6 月 28 日晚

## 先秦七子（七首）

### 先秦七子・老子③

周王重器守藏官，遁世隐居函谷关。
卷书首提无为论，青史常载有道言。

---

① 携女赴“诗如淑女 词如闺秀——宋词背后的女词人”读书会，品读李会诗《花千树》，签名交流，女儿当场背诵了一首岳飞的《满江红》，遂有感即兴所记。

② 感于高考生成绩下来，企盼名校一梦，遂为之。

③ 老子是道家学派创始人，曾任周朝“守藏室之史”（管理藏书的官员），后隐居函谷关。其传世之著《道德经》（又称《五千言》）是语录体韵文，是道家和道教的经典之作，也是中国历史上首部完整的哲学著作，有“万经之王”的雅誉。老子思想的关键词之一就是“无为”。其名言名句有：“道可道，非常道。”“道生一，一生二，二生三，三生万物。”“大音希声，大象无形。”“祸兮福之所倚，福兮祸之所伏。”“有无相生。”等等。

有无互生辨世象，福祸交替运循环。
五千言语行文韵，万世修身治国篇。

## 先秦七子·庄子①

漆园吏官淡名利，逍遥臣子天地依。
有情无情经世故，有涯无涯论先知。
心斋坐忘驹过隙，生命自由物齐一。
甘为淡水君子义，薄墨清描最相宜。

## 先秦七子·墨子②

乡土布衣贵族亲，宋国田垄耕作勤。
非儒即墨显学位，兼爱非攻尚同心。
功利相衡重民意，死生节制轻乐音。
弟子集言传后世，千年科圣敬新民。

## 先秦七子·韩非子③

韩国公子富贵身，拜谒荀卿儒家门。
刑名法术归黄老，富国强兵正君臣。
上书始皇牢狱难，下游文曲蒙冤神。
商君孤愤何等似，自醒后来法治人。

---

① 庄子是道家学派代表人物。其主张“心斋”“坐忘”“天人合一”“清静无为”等思想，与老子合称“老庄”。其代表作中的名篇有《逍遥游》《齐物论》等。庄子名言名句有“人生天地之间，若白驹过隙，忽然而已。”“至人无己，神人无功，圣人无名。”“吾生也有涯，而知也无涯。”“天地与我并生，而万物与我为一。”“君子之交淡若水，小人之交甘若醴。”等等。

② 墨子是春秋末期战国初期宋国人，也是贵族后裔。他虽耕作田亩之间，但是提出了“兼爱”“非攻”等核心思想，创立了几何学等科学理论，成就了后世“科圣”的美名。

③ 韩非子是荀子的学生。但是他没有承袭儒家的思想，却“喜刑名法术之学”。战国末期著名思想家、法家代表人物。著有《韩非子》一书，共五十五篇，十万余字。其倡导君主专制主义思想，主张富国强兵，目的是服务于专制君主的政治统治。

## 先秦七子·孔子①

曲阜昌平贵胄乡②，殷商后裔③锦裘裳。
贤人近百扶国政，弟子千余阅礼章④。
义论书华天赐圣⑤，德师⑥贯誉地承煌。
私学始创功名远，泗水⑦留魂万古芳。

2015 年 9 月 18 日

## 先秦七子·孟子

春秋⑧遥望断垣墟，战世⑨争雄血骨枯。
教子常寻慈孟母⑩，扬儒愿溯隐贤舆。
周游诸国学丘仲⑪，性善⑫言说扩简幅。
政论不辞民做本，君皇德治续王图。

2015 年 9 月 19 日

---

① 陪孩子读书，再拜先贤，重温经典，遂记之。

② 据有关记载，孔子出生于鲁国陬邑昌平乡（今山东省曲阜市东南的鲁源村）。

③ 据《史记·孔子世家》记载，孔子的祖先本是殷商后裔。周灭商后，周武王封商纣王的庶兄，商朝忠正的名臣微子启于宋。微子启死后，其弟微仲继位，微仲即为孔子的先祖。

④ 孔子曾任鲁国司寇，后携弟子周游列国，最终返回鲁国，专心执教。孔子打破了教育垄断，开创了私学先驱。孔子弟子多达三千人，其中贤人 72，其中有很多皆为各国高官、栋梁。

⑤ 孔子是我国古代伟大的教育家、政治家和思想家，儒家学派创始人，世界最著名的文化名人之一，被世人称为“孔圣人”。

⑥ 德师：指后世尊称孔子为万世师表，认为他曾修《诗》《书》，定《礼》《乐》，序《周易》，作《春秋》。

⑦ 泗水：孔子逝世时，享年 73 岁，葬于曲阜城北泗水之上，即今日孔林所在地。

⑧ 春秋：指中国历史阶段的春秋时期，暗指孔子思想已随历史烟尘远去之意。

⑨ 战世：指中国历史阶段的战国时期，暗指七雄争霸，生灵涂炭的社会背景。

⑩ 孟母：指孟子的母亲。孟子三岁丧父，孟母艰辛地将他抚养成人，孟母管束甚严，其“孟母三迁”“孟母断织”等故事，成为千古美谈，是后世母教之典范。

⑪ 丘仲：指孔子，名仲丘，为押韵遂书“丘仲”。

⑫ 性善：孟子学说出发点为性善论，提出“仁政”“王道”，主张德治。

## 先秦七子·荀子①

三番祭酒②御齐宾，两届兰陵楚域民。
性恶为说德圣制，本善乃伪拓儒林。③
礼法兼修治国论，霸王并举平政心。
法派大家徒入室，孰归孰落是非频。④

2015 年 9 月 21 日

## 得与失⑤

无意拥揽非所望，有心竞争却难成。
失得本来天命意，顺乎性情沃野耕。

2015 年 11 月 14 日

① 荀子（约前 313—前 238），战国末期的儒学大师。名况，字卿，赵人。古书中多作孙卿，《史记》作荀卿。根据一些记载的推测，约在齐闵王末年，荀子曾到过齐，后离齐去楚。到齐襄王时，荀子又至齐，《史记》说他："最为老师"，"三为祭酒"，表明他在稷下已是一位资历很深的首领人物。楚考烈王八年（前 255），楚相春申君以荀子为兰陵（今山东兰陵）令。后又离楚至赵，赵以荀子为上卿。不久又返楚。秦昭王时，荀子赴秦，见到昭王和范雎。楚考烈王二十五年（前 238），春申君死，荀子废居兰陵。其卒年当在此后不久。《盐铁论》以为李斯为秦相时荀子尚在则不确。

② 祭酒：古代主管国子监或太学的教育行政长官。战国时荀子曾三任稷下学宫的祭酒，相当于现在的大学校长。唐代的韩愈、明代的崔铣（《记王忠肃公翱事》的作者）都曾任过国子监祭酒。这里指荀子曾三次出齐国稷下学宫的祭酒，后为楚国兰陵（今山东兰陵）令。

③ 这里指荀子有关性恶论的学说。在人性问题上，荀子主张性恶，和孟子的性善针锋相对。认为人的本性是恶的，因而不可能有天生的圣贤；人性善是受教化的结果。在天道观方面，荀子受老子的影响，以为天没有意志，不过是能生长万物的自然界，不能决定人事的吉凶、祸福。提出人应该顺应自然但也可改变自然，即所谓"制天命而用之"的人定胜天的思想。这些思想对重整儒家典籍也有相当的贡献。

④ 韩非、李斯都是荀子的入室弟子，因为他的两名弟子为法家代表人物，所以荀子是礼法兼用、王霸并重，和他以前的儒家有明显的不同之处。荀子的学说思想，对西汉经学的发展产生过一定的影响。如《礼记》《韩诗外传》等书中部分内容即抄自《荀子》。由于荀子有些论点和儒家传统说法不合，故受到后人指责和非议，使历代有部分学者怀疑荀子是否属于儒家学者，荀子也因其弟子而在中国历史上受到许多学者猛烈抨击。如唐韩愈就说荀学是"大醇而小疵"。到宋代则为程朱理学（见理学）所不容，出现了扬孟抑荀的现象。到清代末年，梁启超、章炳麟等则对荀子的学说思想重新作出评价，肯定了它在中国古代哲学史上所占据的重要地位。

⑤ 人生之中，常常是得到的，并不是自己想要的；有心争取的，却往往不能拥有。得得失失，本来有上天来主宰吧，只有顺乎自己的本真性情，努力奋斗积累竞争的资本吧。

## 偏　方①

冬风凛冽锁寒竹，笑语阑珊谢客庐。
赋曲邀来中药祖，偏方一味病霾除。

2015 年 12 月 5 日

## 歌诗言

志士千年曲，文生万古情。
诗随心赋语，意到自歌行。

2017 年 10 月 15 日

## 读书人②

——读钱穆《什么是“读书人”》有感

赏尽前朝竹简色，翻得史卷页帧寒。
攀爬行遍书山路，士界方结一学缘。

2015 年 4 月 29 日中午

## 状元郎

穷经皓首状元郎，聚斗高才入朝堂。
再探今朝乡试冠，功成位就数几人？

2014 年 1 月 8 日上午

## 无　题

现世仍怀古人志，挥毫墨笔由点圈。
诗歌万稿与谁应，自付华文寄汉简。

2014 年 1 月 7 日

① 注：友人母病，作诗问安好，行文祈上苍，遥祝老人家早日康复。
② 乃有感于钱穆先生的《什么是“读书人”》而作。

## 墨　记

雅室晴竹画，陋斋志语陈。
游龙伏轩紫，翰墨立精神。

2017 年 7 月 19 日

## 晨　读

燕飞柳动雀呼晨，年少风华意气纷。
诵古吟今迎旭日，学园共觅驻贤门。

2015 年 7 月 5 日

## 问　道①

穷经皓首对清烛，点墨成篇属案牍。
不问仄平格律道，怎得社稷万千图？

2015 年 7 月 1 日晚

## 骄儿楷书记②

颜卿秀帖仿先题，数字方圆愿景奇。
若顾骄儿逐字笑，涂鸦墨画亦为诗。

2015 年 7 月 12 日晚

---

① 感于数学家苏步青“语文是成才的第一要素”而作。苏步青是享誉世界的数学家，主要从事微分几何学和计算几何学等方面的研究，他开辟了微分几何研究的新局面，建立了一系列新理论，被誉为“东方第一几何学家”。作为教育家，他辛勤耕耘 70 余载，培养了包括谷超豪、胡和生等在内的一大批院士和国际级数学大师，建立了“以苏步青为首的中国微分几何学派”，被称为“苏步青效应”。苏步青常说：“我从小打好了语文的基础，这对我学习其他学科提供了很大方便。”他深刻体会到“语文是成才的第一要素”，所以，他在担任复旦大学校长发表“就职宣言”时曾说：“如果允许复旦大学单独招生，我的意见是第一堂先考语文，考后就判卷子。不合格的，以下的功课就不要考了。语文你都不行，别的是学不通的。”

② 感于女儿作品而记之。

## 书　生

寂寞书海浩瀚波，悠扬古曲婉柔说。
灵空意境寻迷路，跃动阶台耐挫磨。

2015 年 7 月 24 日

## 读林徽因美文感怀①

浅世清欢渡忘舟，留言岁月叙凡愁。
随尘风情相关爱，邂逅浮萍任尔游。

2015 年 7 月 28 日

## 读书日

书海游无主，常为琐事奴。
劝翻经史卷，莫做低头族。

2017 年 4 月 23 日

## 诗　话

屈子偕天问，文坛赋语长。
哪堪情话默，代代续诗狂。

2017 年 4 月 24 日

① 有感于林徽因诗文而作。

## 悼念汪国真[①]

雨驻风停日月沉，花零絮落泪珠痕。
诗魂一缕随仙去，香墨余怀享世人。

2015 年 4 月 26 日深夜

## 欢　文

得见功夫得康健，不着台砚不为欢。
文留彩墨武尚道，羡煞天庭文曲仙。

2014 年 12 月 9 日

## 讽古贪官书[②]

朱门玉带竞豪奢，炫富争爵不掩遮。
贵胄常倾名利场，谁还对月奏清歌？

2015 年 11 月 20 日

---

① 汪国真，现代诗人。祖籍厦门，1956 年 6 月 22 日生于北京。他中学毕业以后进入北京第三光学仪器厂当工人。1982 年毕业于暨南大学中文系。在学校时，喜读、写诗歌，1985 年起将业余时间集中于诗歌创作，其间一首打油诗《学校一天》刊登在《中国青年报》上。汪国真自称其创作得益于四个人：李商隐、李清照、普希金、狄金森（美国）。追求李的警策、清的清丽、普的抒情、狄的凝练。毕业后，分配在中国艺术研究院，后任《中国文艺年鉴》编辑部副主任。1990 年开始，汪国真担任《辽宁青年》《中国青年》《女友》的专栏撰稿人，1985 年开始进行诗歌的创作。1990 年开始出版诗集。第一部诗集为《年轻的潮》，以后又出过多部诗集。曾经在 20 世纪 90 年代掀起一股“汪国真热”。2015 年 4 月 26 日汪国真病逝于家中。

② 有感于古代贪官的言行种种，遂记之。

## 等①

夏握秋黄松乳燕，冬临料峭雪白头。
时光静候消墨首，四季轮回漠海洲。

2015 年 9 月 28 日午

## 星海赞②

渔家庶子疍民③营，朗朗星空海阔情。
辗转澳新④学业就，腾挪粤法⑤乐途行。
南国箫手⑥凌寒雪，塞纳⑦梧桐奏风⑧清。
盛世狂想不为梦，番禺⑨故地载书青。

## 霾日读书

难觅光阳雪落天，
不寻犬吠卧书间。

---

① 夏天为了迎接秋的到来，将燕子放飞于南方；冬季为期盼春的光顾，直等到雪映千山。时光的守候，慢慢消磨了人们昔日曾有的缕缕黑发；在四季的交替变化间，执着者终会迎来承载生命与希望的沙漠中的绿洲。

② 星海：这里指中国近代著名作曲家、钢琴家、人民音乐家冼星海。

③ 疍［dàn］民：这是对在沿海港湾和内河上从事渔业及水上运输，并以船为家的水上居民的称呼。

④ 澳：指澳门，冼星海出生于澳门。新：指新加坡，冼星海 6 岁时随母亲到了新加坡，进入了新加坡的养正学校，也就是在新加坡的学校里开始了音乐之旅。

⑤ 粤：指冼星海的祖籍广东。法：指法国，冼星海曾在法国学习音乐。

⑥ 南国箫手：这是冼星海进入岭南大学附中本校学习时，加入“岭南银行乐队”，他在乐队里担任演奏直箫，后来成了附中管弦乐队的指挥，被广州人称作“洋箫”的单簧管，他也吹得很有韵味，由此，他得到一个雅号。

⑦ 塞纳：指法国的塞纳河。1929 年冼星海去巴黎勤工俭学，他靠在餐馆跑堂、在理发店做杂役等维持生活，在塞纳河畔梧桐树下几次晕倒，险些被法国警察送进陈尸所。

⑧ 风：此处指冼星海根据唐朝诗人杜甫著名的诗篇《茅屋为秋风所破歌》而创作的奏鸣曲《风》，排上了巴黎音乐学院新作品演奏会节目单，并在电台播出，从此有了名气。

⑨ 番禺：［pān yú］广东一个区名，冼星海故居处。

诗书不屑阴霾至，
列架迎君任尔翻。

2017 年 2 月 7 日

## 阅书童

春分乍暖过河深，
友伴出游乐意沉。
闹市能安书悦地，
人间最爱是童真。

2017 年 2 月 10 日

## 思[1]

宇宙洪荒力，清浊自辨识。
源头活水处，珺瑜渐显之。

2016 年 9 月 6 日

## 文人论

文人议事评天下，
致变追新顺世昌。
论道竹书三万卷，
为学墨笔九千篇。
留名更顾怀沧海，
史载尤须勇担当。
千古文章功业事，
瓦砖一块筑朝纲。

2017 年 2 月 1 日

① 王家四个娃娃的名字分别是思宇、思源、思珺、思清。此诗均用之，启发心智，激励后辈，更上一层高楼。

# 第六部分　师生情谊

## 师日随感①

气爽凉秋鲁豫天，
心轻若谷百花鲜。
尊师自有春陬邑②，
爱尔由来祖绍贤③。

---

① 教师节日，清雨醒神，追忆贤师，中华名师，灿若繁辰，仅举一二，稍谈感悟，聊寄师情，为师不为节，执道守春秋，即使无节，也是乐在悠然，遂记之，以此恭祝世间为师扬道者——教师节快乐。

② 春陬邑：春秋时期陬邑，孔子出生的地方。这里指代孔子。孔丘（前 551 年 9 月 28 日，即农历八月廿七—前 479 年 4 月 11 日，即农历二月十一），名丘，字仲尼。孔子为春秋末期鲁国陬邑的思想家、教育家、政治家，儒家风骨代表人，仁学派创始人，集华夏上古文化之大成，私塾得创，寒门有学，弟子三千，名士七十有二，在世时已被誉为“天纵之圣”“天之木铎”，被后世统治者尊为孔圣人、至圣、至圣先师、万世师表，是“世界十大文化名人”之首。孔子的儒家思想对中国和朝鲜半岛、日本、越南等国家和地区有深远的影响。1999 年 10 月 9 日召开纪念孔子诞辰 2550 周年大会。

③ 祖绍贤：祖籍绍兴的贤士。这里指人民教育家陶行知。陶行知（1891 年 10 月 18 日—1946 年 7 月 25 日），安徽省徽州歙县人，祖籍绍兴。中国人民教育家、思想家，伟大的民主主义战士，爱国者，中国人民救国会和中国民主同盟的主要领导人之一。1908 年 17 岁时他考入了杭州广济医学堂。1917 年秋回国，先后任南京高等师范学校，国立东南大学教授、教务主任等职。1926 年起发表了《中华教育改进社改造全国乡村教育宣言》。1931 年主编《儿童科学丛书》。1935 年，在中国共产党“八一宣言”的感召下积极投身抗日救亡运动。1945 年当选中国民主同盟中央常委兼教育委员会主任委员。1946 年 7 月 25 日上午，因长期劳累过度，不幸逝世于上海，终年 55 岁。其一生留下经典教育名言无数：“教育是立国之本。”“行是知之始，知是行之成。”“人生办一件大事来，做一件大事去。”“千教万教，教人求真；千学万学，学做真人。”“捧着一颗心来，不带半根草去。”“教师的职务，是‘千教万教，教人求真’。学生的职务，是‘千学万学，学做真人’。”“我们要教人，不但要教人知其然，而且要教人知其所以然。”“生活即教育。”

叶氏陶君①书为政②，
朱家晦士③理说安④。
虔诚奉道终时日，
既使无节亦畅然。

2015 年 9 月 10 日晨

---

① 叶氏陶君：指叶圣陶。叶圣陶（1894 年 10 月 28 日—1988 年 2 月 16 日），原名叶绍钧，笔名有叶陶、圣陶、桂山等，有“优秀的语言艺术家”之称。江苏苏州人，是中国现代著名作家、教育家、出版家及社会活动家。他是五四运动首个文学研究会的创立人之一，终身致力于出版及语文的教学。他的座右铭“文学为人生”很有名。叶圣陶曾当过 10 年的小学语文教师、人民教育出版社社长、教育部副部长。他也是第六届全国政协副主席、第五届全国人大常委委员、第五届全国政协常委委员、民进中央主席。1988 年 2 月 16 日于北京逝世，享年 94 岁。

② 书为政：指叶圣陶教育为人民的思想。

③ 朱家晦士：这里指朱熹。朱熹（1130—1200），字元晦，号晦庵，又号称晦翁，祖籍徽州婺源（今属江西），出生于南剑州尤溪（今福建尤溪县）。宋代理学的集大成者，诗人、哲学家。宋高宗绍兴十八年（1148）中进士，历任泉州同安县主簿，知漳州、知潭州、焕章阁待制兼侍讲等职。平生不喜为官，致于理学，著书立说。仕宦七载，立朝仅 46 天，任祠官达 23 年，待职、无职或罢职 16 年，一生主要的时间（约四十年）在福建武夷山、庐山白鹿洞书院讲学。晚年卷入当时进行的政治斗争，被夺职罢祠，其学被定为“伪学”，其人也被定为“伪学首魁”，直到去世之时“罪名”尚未解除。但朱熹死后不久，“党禁”解弛，朱熹的地位开始日渐上升，最终成为配享孔庙的“孔门十哲”之一。其思想学说从元代开始成为中国的官方哲学，不仅深刻地影响了中国的传统思想文化，而且还远播海外，产生相当大的影响。朱熹学识渊博，著述极丰，对经学、史学、文学、乐律乃至自然科学都有研究。全祖望在《宋元学案》中称他“致广大，尽精微，综罗百代矣”，并非溢美之虚语。朱熹著作中最重要、最有影响的，除《四书集注》外，当推《朱文公文集》《朱子语类》《朱子家礼》。朱熹也善书法，名重一时。明陶宗仪《书史会要》云：“朱子继续道统、优入圣域，而于翰墨亦工。善行草，尤善大字，下笔即沉着典雅，虽片缣寸楮，人争珍秘。”

④ 理说安：指朱熹理学“存天理，灭人欲”中包含的维护统治者需要的观点。天理构成人的本质，在人间体现为伦理道德“三纲五常”。“人欲”是超出维持人之生命的欲求和违背礼仪规范的行为，与天理相对立。将人们追求美好生活的要求视为人欲，是封建纲常与宗教的禁欲主义结合起来。程朱理学是儒学发展的重要阶段，适应了封建社会从前期向后期发展的转变，封建专制主义进一步增强的需要，他们以儒学为宗，吸收佛、道，将天理、仁政、人伦、人欲内在统一起来，使儒学走向政治哲学化，为封建等级特权的统治提供了更为精细的理论指导，适应了增强思想上专制的需要，深得统治者的欢心，成为南宋之后的官学。

## 师情咏叹

十年寒窗入西京，
学途再续为师情。
无奈冬日苦争春，
痴心一片台烛影。
湖岸一点新柳绿，
跋涉行者迎晨旭。
犹盼雀跃窗枝外，
八载军都情如故。

2012 年 1 月 19 日上午

## 园丁赞

——为老师生日而作

祝山墨笔吟诗赋，
王阙阁前伏案牍。
老辈谨言培嫩蕾，
师行教化育新株。
生随艳旭摘文曲，
日沐斜晖映舍庐。
快盼雏鹰翱翔宇，
乐观烛火亮心途。

2016 年 5 月 29 日

## 师　恩

玉树成林恋根深，
枫红尽染不留痕。
无师授业空思绪，
名就功成勿忘恩。

2017 年 9 月 10 日

## 感师言

——聆听小学班主任田恒发老师朗诵作品记

青霞一缕忆江南，
半世情怀寄教坛。
弟子多寻天外路，
诗心又念鹤乡言。

2017 年 3 月 27 日

## 如梦令（15 首）[①]

——赠 2022 年小学期选课学生

### 如梦令·群艳华发满院

群艳华发满院，喻慧蕊花千片。独上法渊阁，香简空竹碎半。无怨，无怨，墨透初新枝干。

### 如梦令·曾会云端古胜

曾会云端古胜，留记忘年歌咏。得阅法渊书，同忆圣贤与共。逐梦，逐梦，佳境笑拥佳梦。

### 如梦令·郭城满枝李杏

郭城满枝李杏，词曲燕歌和应。唯取短诗笺，竹简韵声来定。呼应，呼应，泼墨一剪光影。

### 如梦令·周礼前贤道畅

周礼前贤道畅，雨打后生逐浪。婷玉露晨光，挥手去时歌放。高唱，高唱，行者路明灯亮。

---

① 本期选课学生 15 人，分别赠词以留念。

## 如梦令·韵兰幽香扑面

韵兰幽香扑面，君致舜尧庭院。嘉允寄诗书，行事皆为良善。飞雁，飞雁，绢绣兰心图案。

## 如梦令·代有才学郊野

代有才学郊野，康庐雅茗琴瑟。鑫御鼎立时，法苑诸君同乐。不舍，不舍，约聚四年军都客。

## 如梦令·刘项角逐秦汉

刘项角逐秦汉，彦儒论评江山。宏伟蓝图现，愿景携君同看。相念，相念，晓月飞花河畔。

## 如梦令·谨业蜂飞酿蜜

谨业蜂飞酿蜜，言立笔书传世。法苑起学程，握正义公平尺。同忆，同忆，重返杏坛桃李。

## 如梦令·林茂歌者漫步

林茂歌者漫步，宇阔诗心成赋。鸿跃万千路，涛浪竞争高处。何惧，何惧，一道舟楫同渡。

## 如梦令·黄梅时节雨驻

黄梅时节雨驻，炜煜青空光谱。佳句几斟酌，八斗信来一数。寻趣，寻趣，雨过天晴闲遇。

## 如梦令·展展舒舒柳绿

展展舒舒柳绿，降降升升梯柱。三寸尺难量，日月时光流去。逐句，逐句，尽付芳华留赋。

## 如梦令·武势英姿逸群

武势英姿逸群，弈赫棋枰贤俊。华夏训诂言，长短笔书分寸。文顺，文顺，晓月收来佳讯。

### 如梦令·宇阔雏鹰欲跃

宇阔雏鹰欲跃，璇室仙皇宫阙。居陋卷书多，不与寻常燕雀。心悦，心悦，满眼文渊鸿鹊。

### 如梦令·麦酒田园醉卧

麦酒田园醉卧，娉袅伊人默默。玮烨绣阁书，不逊仙文曲墨。勤作，勤作，不负春晖雁过。

### 如梦令·东去碣石望断

东去碣石望断，荣显荒牛岁寒。新入法学堂，悦目神游燕山。不厌，不厌，春过秋实相看。

2022 年 7 月 18 日

## 三十年小学同窗感怀

雨夜谣曲绕角楼，
怀思几缕故乡投。
童颜渐去声容改，
暂付学情忆海游。

2016 年 7 月 20 日

## 同门小聚

十载韶华人未老，
执手瞧，
未改貌。
共温当年勤学早，
笔不挫，
言为道。
青春做伴无茫渺，
遂心愿，

无他扰。
尤念师辈身言教，
慰情长，
遥祝好。

2014 年 10 月 31 日晚

## 本命年

凡女化仙身，伴娥居月宫。
得助天地力，自来飞天功。

2023 年 1 月 21 日

# 第七部分　人生短长

## 东坡眉州记①

点得文人菜，东坡话语长。
随性即过往，问道苦思甜。

2017 年 11 月 6 日

## 闲步逢雨

滨河夏日步寻芳，横木闲阶过草塘。
有意临风偏是雨，无心为水细流长。

2017 年 8 月 14 日

## 九寨沟之地难记

九寨沟前逢地怒，六绝胜景对苍穹。
瑶池旧貌伤千水，海子新容泪瀑隆。

2017 年 8 月 16 日

## 高　峰

扶握栏杆望，寒温与月升。
人潮无定日，处处是高峰。

2017 年 8 月 20 日

---

① 注：师大同门校友小聚，畅聊些许往事，再寻几分故旧，怀旧思人，励志前行，轻舟不必江南，豪语不必东坡，酣饮自在清欢，祝愿大家一切安好。

## 围 城

晴空放眼云推海，顾盼无暇入梦城。
城有墙围围几许，心源欲念扰平生。

2017 年 9 月 7 日

## 故地重游

故地重游故旧无，楼高云过奔前途。
随风几缕相拥笑，酒罢犹话采香蒲。

2017 年 9 月 15 日

## 孔子诞辰日记

斯人千古矣，斯礼犹存；斯事过往矣，斯节尚在。周游列国而不惫兮，乐礼蛮荒；授业子弟而不名兮，教化民生。敬语曰：师道兴于乱世，圣贤始于安邦。

2017 年 9 月 29 日

## 落幕小语

山前落木落华薰，舍后凋花探朵云。
月月吟诗随韵醉，清歌细语又一春。

2017 年 11 月 1 日

## 劝世歌①

淡似流水寄翠庵，浓融厚意绕鸿兰。
平则定性见苍山，静以养心赏百川。

① 意在通过静、平、忍、让、淡五个字，劝人亦劝己，能够始终以平和心态面对生活中的万事万物。

忍作伤怀抚慰药，思为情痛恋爱丹。
清愁几缕飘如许，让过云端即蓝天。

2015年5月7日下午

## 行　者

雀鸟枝头翘首，莹雪雾里飞华。
行者归意正浓，京都无人看花。
或盼故里寻悠，绿城再描佳画。
他日重逢旧友，南北风光入话。

2011年12月5日

## 诗词情话

忆往昔，风华正茂，问君能有几度风华，天无涯，海无角，尽付风华楼宇间；看今朝，众志成城，问君能有几多诗情，文无边，词无际，唯用诗语竞描绘。

2011年12月27日

## 赠己言

十载寒窗入燕京，执着法苑为师情。多少青春多少梦，尽随飘雪北国风。军都晨旭唤梦影，文渊暮色伴归行。芳华几度春知意，不解世事问故人。雀跃枝头窗外枝，幸遇知音相提携。心存感激无以敬，叩书祝福拜新春。

2011年12月23日

## 孤独的自行车

驿路空旷散学早，一点花色惹人眼。
中秋余月又赏秋，不知顽童何处寻？

2014年9月13日

## 梦北大

回眸年少事不经，未得北大行步足。
今置书斋博雅处，依然翘首未名湖。

2014 年 9 月 13 日

## 无　题

如湖似漠景怡人，红阴翠里流沙河。
未闻逐浪声咆哮，唯见青枝向阳俏。

2014 年 9 月 15 日

## 晴　日

飞燕闲舞凌九霄，亭阁留影现郁翠。
难得晴日无限好，淡云飘处醉文翁。

2014 年 9 月 15 日

## 自　嘲

颜值未可惊风雨，残笔空书陋室歌。
言钝行迟羞与见，守拙抱朴法渊阁。

2017 年 7 月 22 日

## 黑　洞①

正道沧桑雅颂吹，私心一处忘形随。
贪婪无境收黑洞，为利索财几命催？

2015 年 7 月 6 日

① 观戛纳获奖短片《黑洞》有感而记。

## 观股市①

股市常着五彩衫，红来绿去变颜盘。
人皆喜获彤升醉，哪个堪经草木繁？

2015 年 7 月 12 日晚

## 病榻吟②

昨夜天凉入小楼，褥薄被落惹寒头。
佳肴美味思不进，睡榻帘纱待尔收。

2015 年 7 月 4 日

## 小女夜病感怀

暑节偏落雨绵绸，入病娇儿虑母忧。
风骤夜残惊梦碎，药来轻挽泪盈眸。

2015 年 6 月 30 日

## 故　乡

秋来叶落雁归巢，夏去花飞絮问瑶。
小憩斟酌邻里酿，乡音断续寄飘摇。

2015 年 8 月 4 日下午

## 劝君笑

百艳生春万束花，冬临料峭夏芳杀。
秋摹四季千般景，笑对尘生笑对她。

2015 年 11 月 1 日

① 感于股市经济之兴衰而作。
② 偶感风寒，小病不适，似林黛玉般，病态十足，遂记之。

## 为何而生

不知今生，何问来世？人生几何，忧恼焚思。
若为蜗居，枝丫可栖；若为儿孙，虑接千夕。
若为业就，常忘君体；若为虚名，艳蕊归泥。
争道祥贵，贵近缘离；各求财源，源在流逝。
福禄寿全，素合人意；心安体泰，见贤思齐。
有为而立，无为而直；赋咏苍生，家国乐治。

2015年11月6日

## 祭　父①

雾霭氤氲望黛山，川流岁逝梦言欢。
天堂供奉清容面，伴暮消融月胧间。

2015年6月21日晨

## 忆故人②

银杏垂落无声迹，黄菊竞开数朵寒。
青斛一滴醇芳尽，红枝两点明露干。
少年竹马戏知雀③，青春相离无缘伴。
待汝鬓发染霜时，共约桃李树下攀。

2014年11月2日晨

① 父亲节至，忆父思亲，缅怀以记。
② 述说了无数少年友人虽然感情好，最终却无缘相守的感慨之情。
③ 知雀：指知了和麻雀。

# 第八部分　童趣亲情

## 满月记

国庆千金来，时时怀腕旁。
吾家双凤舞，不逊独龙翔。

2016 年 11 月 1 日

## 乙未年正月初一归乡

京驻十年两岁余，尽寻故图待归期。
携儿依君汴河影，耳畔早已黄梅辞。

2015 年 2 月 19 日

## 育儿叹

父母皆言儿女景，
何人问过子心声。
歌来舞罢窥星路，
课去班连满日程。
记少学多虚岁月，
名牵利诱渡江风。
竹书染屑无留意，
复觅时光泪自横。

2017 年 2 月 24 日

## 母爱记

摇篮一曲动春风，半亩方田伴此生。
大爱何需诗话语，真情切切后人程。

2017 年 5 月 14 日

## 六岁女儿谣①

吾家有女六春秋，酷爱读书不知休。
若问芳华学府处，童言应答在传媒。

2012 年 1 月 19 日中午

## 童乐图

浓夏生童趣，握怀藕几颗。
苦莲甜荫树，窃走笑蓬荷。

2017 年 6 月 1 日

## 异乡思母

学游山海远，情念故乡音。
自古思慈母，中西一样亲。

2017 年 10 月 28 日

① 女儿在不同时期，拥有不同的职业理想。一岁十个月时，因背诵了李白铁棒磨成针的故事，于是想成为诗人李白；五岁时，因爸爸妈妈工作在中国政法大学，于是想成为法大人；六岁时，因每周末观看中央电视台少儿频道的节目《金龟子城堡》，于是想成为像刘纯燕一样优秀的主持人。一日，女儿问："想当主持人考哪个大学呀？"我说："中国传媒大学。能够培养专业主持人的大学是中国传媒大学。"于是，女儿遂将此处作为未来努力考取的大学之所。

## 回 家①

骄阳落幕有余晖，伛偻空巢待子归。
后辈传承尊孝道，心环戴爱助亲回。

2015 年 9 月 13 日

## 心 草

——为诗友“稻草母女”作品而记②

秋黄满眼覆青堂，稻谷结情放牧羊。
穗落轻衫无寞意，相拥母女暖心长。

2017 年 9 月 27 日

## 姐 妹

一生姊妹缘，半世手足长。
畅叙童心乐，余晖胜旭阳。

2017 年 8 月 6 日

---

① 感于老同学黑龙江网络广播电视台的公益节目《回家的路》，遂记之。黑龙江“黄手环”公益活动是 2012 年 9 月中央电视台新闻公益行动“我的父亲母亲”发起的一项防止患有阿尔茨海默病（也称老年痴呆）的老人走失的爱心行动。为患病老人佩戴上黄手环，并在其中附上老人的姓名、家址、亲人联系方式等，以便他人发现后报警或者送回，这在发达国家已是行之有效的救助常识。“黄手环”还可作为病人的特别标识，容易引起路人关切，最终能帮助老人早日回家。黄手环于 2012 年 10 月 23 日开始领取发放。截止到目前，天津、深圳、厦门、烟台、洛阳、贵州、慈溪、长春等城市陆续开展了“黄手环”项目。在国外，患有阿尔茨海默病的老人佩戴统一标示的“黄手环”，手环上有印制的统一标识，手环里放置有老人家人填写的联系方式等信息，一旦老人走失，便于及时寻找到他们的家人，这被称作“安全回家计划”。

② 无心之草，有心之人，留眸一瞥，暖尽寒秋。

## 乐天伦

闻唤逗乳婴，拾级绕晓径。
何言垂老态，辅幼卧爬行。

2017 年 5 月 22 日

## 健儿赞

拳游带威武林风，脚踏留势义气呈。
壮志凌云惊傲宇，为家报国献忠诚。
百折不挠皆良训，克己有责誉皇城。
夺冠连连迎典盛，骄娃华夏奏旋征。

2015 年 5 月 25 日

## 满江红·为爱女十岁生日书

襁褓乳婴，拥怀望、暖暖脂香。思绪缕，溯流追月，几番音像。牙牙学语盘索路，孜孜以求错节程。十载行，丰了双羽翼，高飞畅。宇天阔，凭力胜；坤地展，依才骋。傲长空，总角亦能争风。乐伴方圆勾股律，喜奏赋曲诗词筝。墨文挥，宣张舞颜卿，欣然耕。

2016 年 3 月 26 日

# 第九部分　文化中国

## 金声玉振[①]

彤凤仙飞入厅堂，六礼叩拜敬先生。
共为家国展六艺，古之学问今朝扬。

2023 年 5 月 7 日

## 汉语风

邻邦旧谊数交情，淡水依依伙伴行。
曾效兄台尊为大，今学华夏汉文明。

2017 年 11 月 7 日

## 汉　字

龟骨拾来温旧事，结绳计数越千年。
平平仄仄炎黄律，百变声形万义篇。

2017 年 9 月 24 日

① 此诗系“五一”山东曲阜游记之三“观演篇”。我们观看的大型演出为“金声玉振”。顾名思义，突出声音之嘹亮，名气骨之不凡。大国礼仪，古今共鸣。在现代的舞台上，演者演绎了古今礼事。古文字，竹书简，耕作事……，无不在礼乐声中彰显华夏文明。人从出生到死亡，都充满了各种仪式。诸如冠礼，加冠之仪式，增责之要旨，层层增加成人的责任感。显然，这不仅仅是简单的关于年龄的宣言。诸如婚礼，传递人所肩负的家庭责任。随凤凰来兮，飘然而至，红似火，飞如燕，视觉感受仙气十足。美好如此，遂记之。

## 说汉语

千年汉语是国言，
句句学来侃侃谈。
曲赋随弦情话唱，
诗词作画美酒干。
静心问道勤为首，
谦逊求学志以坚。
跨界交流文化路，
国学再续盛唐繁。

2017 年 4 月 8 日

## 文房四宝（四首）

### 笔

半杆青节雅境斋，一丝鬓发泻竹台。
细粗长短随心走，遒劲三分点指来。

### 墨

平生惯用素衣搭，最爱栖居雅士家。
几朵云华宣地散，丹青墨色染繁华。

### 纸

方地圆天墨宝朋，薄衫厚道卷轴呈。
书笺信手图国业，又念儒君汉蔡生。

### 砚

与生俱富韧岩身，研碎肤骨敞墨门。
随月落得清面瘦，乐观浓墨淡流深。

## 剪 纸①

鱼虫草木绣红装，艺曲人生指腕芳。
秀手朱颜托瑞意，福吉逸趣跃花窗。

2016 年 1 月 20 日

## 对 联

红白喜事不为单，万古沉非淡墨谈。
纵有千言情欲诉，唯留片语对联间。

## 棋②

楚河汉界定疆图，一世丰功掩默卒。
取义求生车保帅，棋书慧智局外读。

2015 年 12 月 27 日③

## 酒诗（三首）

### 杜康醉④

美酒三巡杜圣传，竹林雅士冢空眠。

① “悦纳百川的剪纸艺术，书怀千载的对联人生”有感于群有悦纳百川剪纸艺术而作。

② 诗社首期同题会诗稿。

③ 夏至诗社首期同题会诗稿

④ 杜康酒的由来——相传晋代文学家刘伶，酒量举世无双。一天，他漫游到一家酒店，看到店门上贴着一副对联：“猛虎一杯山中醉，蛟龙两盏海底眠。”横批是：“不醉三年不要钱”。刘伶见了，气愤地说：“好个无知的店主，竟敢放出这等狂言。岂不知我刘伶的海量是：往东喝到东海岸，往西喝到老四川，往南喝到云南地，往北喝到塞外边。东南西北都喝遍，也没把我醉半天。小小酒店发狂言，我把你的坛坛罐罐都喝干。”刘伶进了酒店，大喝起来。头碗甜水蜜，二碗比蜜甜，三碗喝下去，只觉天地旋。他连饮三碗，便觉飘飘欲飞，回到家中，醉成一摊泥。家人守候六天，见他不能醒来，只好挥泪将他掩埋了。转瞬三年过去，杜康来到刘伶府上求见，见了刘妻，说：“你家大人三年前喝了我三碗好酒，今特来讨酒钱。”刘妻一听大怒：“好狠心的酒家，你用毒酒害死我丈夫，还敢要酒钱！”杜康忙说：“你夫君不过多喝了酒，不是真死，快快掘墓查看。”掘出棺木，果见刘伶面色红润，如同醒着一样。杜康拍着刘伶的肩膀连喊：“醒醒！醒醒！”刘伶听得，伸臂睁眼，口中连连称道：“杜康好酒！杜康好酒！”

识得要意金樽醉，不晓衷肠水一摊。

### 茅台醉①

茅台酒色忆茅村，素艳登临盛宴巡。
畅饮谁知征战乱，醇香一股暖情熏。

### 铅华醉

问酒常寻杜寨窑，吟诗字字秀文韬。
博得一世铅华醉，不似仙身亦逍遥。

2016 年 3 月 4 日

## 猴年猴语（四首）

### （一）

地阔天空我是尊，
花桃倚翠彩虹云。
衔来俏艳凝神目，
一点娇红万处春。

① “茅台酒”的由来——茅台酒因产自茅台镇而得名，但这个镇子最初并不叫茅台镇，而是叫茅草村。中国历史上的唐代，国境的西北和西南两大地区几乎同时出现白酒蒸馏技术。其后宋、元、明三朝间，位于今大方县以东不足百公里的播州（今遵义）一带，制作白酒运用的就是这种普通酿酒技术。明万历二十年（1592），朱明王朝发动了平息播州土司杨应龙之乱的战争。遵义境内农业遭受崩溃性的破坏。而蜂拥而至的前后共20 多万官兵，酗饮欢宴，播州白酒的消费量陡增。相对集中在茅台村的酒作坊主便被迫采用对整地窖酒醅进行多轮次发酵蒸馏取酒，其间掺入部分新原料的办法，以便充分利用酒醅中的淀粉含量，节省来源不足的高粱、小麦。于是在茅草村酒作坊中产生出了一套“多轮次掺沙发酵蒸烤”茅台酒生产基础工艺。此后这里的各代酒师又相继创造了“堆积”工艺，使多轮次间掺入的新原料得以充分发酵；有的酒师又把第一次蒸馏得到的质量较差的酒液泼回酒醅使之在再次发酵中增香。于是又产生了茅台酒生产的“回沙”工艺。之后，又有了高温制曲、大量用曲、端午踩曲、重阳下沙、陈酿及其他环节的技术。大约发端于明万历二十八年前后的茅台酒生产工艺，到清乾隆初年，历经一百多年初步臻于完备，并产生了一个独树一帜的白酒酒体，声名远扬。从清朝末年起，因茅台酒声名日震，人口大增，遂改茅草村为茅台镇。

（二）

卧圣闲怀铲地魔，
洪福掩映祝家国。
思归上届天宫舞，
炫我凡身斗战佛。

（三）

墨渲花梅点宣图，
岩独意冷耸悬窟。
清寒不畏寻天路，
纳就美芳启万福。

（四）

御界群猕降凡间，
托福献寿赐祥安。
耳抚私语仙桃闹，
推罢寨门递琼甘。

## 古　韵

琴棋书画古之艺，诗书礼乐今之才。
空有追古香草意，而今翘首唯童孩。

## 古　窗[①]

雕窗曦意闹，倚户望芭蕉。
近是远山影，红笼挂绿绦。

2014年1月8日中午

① 因观古窗之美，爱不释之，遂作诗以记。

## 国文观芷

炎黄万代造书文，
墨笔千言印刻痕。
两岸春秋颜色异，
同源字迹战戟沉。

2017 年 3 月 26 日

## 新媒吟

歌诗自有重生力，
凭附新媒揽视频。
感念微圈宽眼界，
无形化作有声音。

2017 年 3 月 25 日

## 中国诗词大会

诗词本是古人言，
异彩华衣舞世坛。
配饰红装淡若素，
冠服正举动如蝉。
伶牙巧对飞花令，
俐齿轻回落手签。
华夏多少诗入话，
旧词和曲美新年。

2017 年 2 月 4 日

## 赠长沙友人

黄菊翘首麓山城，玉宇雕廊雨落宫。
坐享洲头渔钓乐，同约艺苑赋诗朋。

## 嫏嬛书房[①]

嫏嬛，古天帝藏书之所也。结缘京府，落户二环，书香及第，文人交往。凡入门者，寻古探今，皆为雅客；凡出入者，说文论道，尽是博士。追兮忆兮，卷册列墙；博乎雅乎，线装书堂。常居闹市，日月忙碌，柴米油盐酱醋茶；偶遇仙斋，静心闲处，琴棋书画诗酒花。回顾矣，青铜鼎立，落墨泼得文笔香，看过客对句；再来兮，旧友寻诗，清樽依旧待嘉朋，戏锦鲤游鱼。

2022 年 1 月 9 日

## 寻　诗

连接南北通天路，词话古今万代书。
一夜拾来星宿对，晨曦仙苑伴君读。

2022 年 1 月 9 日

## 如梦令（三首）

### 如梦令·阡陌风光坝上

阡陌风光坝上，独览贤文金榜。
诗话一千行，游走巍峨苍莽。
启航，启航，
掀起滔天巨浪！

2022 年 1 月 9 日

### 如梦令·岂是仙斋帝寨

岂是仙斋帝寨，握卷一竹天籁。
素简候君来，帘绣江南塞外。

① 辛丑年岁末，举家从京郊出发，坐昌平地铁线，经 13 号线，转 2 号线，阜成门口入中国大百科全书出版社——嫏嬛书房，于陌上寻诗，逐仰大家真迹，参观北京语言大学崔希亮教授的书法展，遂记之。

且待，且待，
映日春光犹在。

2022 年 1 月 9 日

## 如梦令·腊月寒梅报早

腊月寒梅报早，案几听说论道。
敬暖茗红袍，撷取书香含笑。
问道，问道，
后浪星光闪耀！

2022 年 1 月 9 日

# 满江红（二首）

## 满江红·太极扇①

伏夏初临，耀蓬荜，相迎彼岸。
栖翠驿，带飘学室，扇行中殿。
几段红绸飞燕戏，三重朱宇香茶苑。
送归客，依此寄乡谊，思归路。
中原好，功盖处。
莲动摆，身腾跃。
随曲摇摇何故事？
美颜自有太极约。
四方来，劲舞凭刚柔，游学乐。

2019 年 7 月

## 满江红·天阔云舒

天阔云舒，黄河暖，江涛涌岸。
巨浪过，正阳光艳，瀑华飞溅。
玉兔嫦娥归夙愿，女儿华夏频流盼。
奔月去，仙旅始东方，星旗展。

---

① 有感于罗马尼亚汉语体验营活动中的才艺表演，遂记之。

神舟号，卫星站。
过往客，千年恋。
驻环山古道，岁连留韵。
同展祥龙鹰跃翅，约来天下苍穹俊。
笑苍穹，携手绕东西，何足逊！

2022 年 10 月 23 日

**附：随感小对联——**

（一）

上联：诗友词友天下友，以文会友
下联：大家小家世人家，举国为家
横批：家友同欢

（二）

上联：佛教道教千古教，心仰乃教
下联：帝师官师万世师，道深成师
横批：教师有道

（三）

上联：春酒喜酒人间酒，能醉皆酒
下联：亲情友情万种情，动心即情
横批：以酒传情

（四）

上联：古文今文千代文，能书皆文
下联：俗道雅道世间道，心仰乃道
横批：文以载道

2014 年 10 月 31 日午

# 下篇　现代诗

# 第十部分　逐梦人生

## 网

一张网
连起桥梁和回廊
透过朦胧蜿蜒的水波
我看到一轮从天上落下的太阳
蜘蛛看到一只撞到网格间的飞蝇

2023 年 10 月 24 日

## 诗与人①

### 诗

美的是文　走的是心

### 人

走的是路　追的是梦

2015 年 10 月 27 日

① 感于诗歌之美，但蕴含作者之思；感于人生之艰，常心存凡人之梦，遂记之。短诗取诗人“美走文路，空追心梦”之意。诗友黄焕光微信笑曰：“人有一生春香梦。”余对曰：“诗含两处秋意凉。”遂为对联曰：“人有一生香春梦，诗描两处光焕秋。”

## 梦的童话

——致追梦的朋友们

我相信，
梦是圆的，
圆得可以抱起，
放在写字的书房里。
我相信，
梦是方的，
方得可以抬起，
摆在涂鸦的画室里。
我相信，
梦是彩的，
彩得可以收起，
散在跳动的心房里。
我相信，
梦是真的，
真得可以拾起，
装在粗布的口袋里。

2014 年 12 月 11 日晨

## 话秋梦

梦，
驿动，
寰宇。
随暮归，
斜阳驻。
举目四望，
满是枫红。
问来者归路，

索然空无语。
执守法苑亭深，
痴想依然如故。
数载师坛梦相扰，
怎容余些许虚度？

2014 年 9 月 17 日

## 一棵老树的生命①

见过小草破土而出的执着
品过谷粱为浆的醇香
竟未如此目视
一棵无名老树的顽强
铜墙铁壁　也许
只在建筑师的杰作里
飞针走线　更是
瑶池织女的神功
谁料想
向阳舒臂
能够力透翠岩的阻挡
拥铁骨入怀
伴日月而生
奋力穿越
横竖万千的栏杆的胸膛

2015 年 5 月 5 日中午

① 小月河畔有一树，不知其名，枯干茂枝，以铁为足，容栏为枝，难辨树与栏何者为先，只见树、栏一体，惊人视目，不禁感叹——逆境如斯，生命不息！物既如此，人又何以堪呢?！遂记之，自省于周遭。

# 窗前的槐花树[1]

与其在遥不可及的未来中踯躅，
不妨珍惜近在咫尺的大地耕耘。
——题记

每一天
奔走在大街小巷
每一天
忙碌于朝晖暮霭
总是
经过你的身旁
却从未细细观赏
你的模样
不知你何时穿上绿装
更不知
你哪一天
爬到
我的窗前
汲取着丁香般的芬芳
惊讶着默然闪烁的茁壮
你指尖吐露的幽韵
浸满五月的书房
二十四小时
洋溢在我的身旁
我却
固执地苦等
另一个世界的醇香

2015 年 5 月 1 日下午

① 因观窗前槐花树有感而记。实际上，生活中的美好都是近在咫尺，而人们却往往并不珍惜，甚至并不知晓，在向往触手不可及的未来中，郁郁寡欢，故书怀以记之。

# 彩 笛[①]

吹起心中的彩笛
美丽的思绪飘飞
脚下如茵的草地
有我们身儿依偎

手中欲飞的纸鹤
载着年年的思念
翕合自如的翅膀
可是它的眼儿忽闪

我仰望无际的青空
寻那只翱翔的纸鹤
可低头间，却发现
它漂在落英的小河

我默然独立在岸边
彩笛陪我凝噎无语
回眸来时崎岖小路
而今空留归痕一处

吹起心中的彩笛
美丽的思绪飘飞
未来如茵的草地
可有我们身儿依偎

2001 年 2 月 17 日晚于哈尔滨师范大学研究生宿舍

---

① 正值风华正茂时节，独自钻研书本，形单影只，无人眷顾，怀揣求学梦想只身前行，为盼他日得一知己，并能梦想成真，遂有感而写此诗以记之。

## 骆　驼

和一群孩子
在旅游的景点里见过你
顽童骑上骑下
你是一只最可爱的宠物
一个活的拍照背景
喧嚣中
你高过人群
你俯首低垂

谁曾去过戈壁
谁曾走过沙漠
你驼峰里的食粮
装下走过的日出日落

没有绿
可以画出春晖
没有水
可以独自行舟

2022 年 6 月 13 日

## 平凡的世界①

——再看路遥《平凡的世界》有感

如果，
平凡不代表平庸，

① 小时候，我就曾读过《平凡的世界》，那是儿时家里唯一的名著，只可惜并不懂；上学了，《平凡的世界》也只是摘语段的参考书；而今时，却在《平凡的世界》里感动涕零，因为这里有祖辈的身影，有故土的劳作，有亲人的梦想……平凡的世界，你我他的世界……有感于电视连续剧《平凡的世界》，遂言如是。

那么，
我愿，
永远行在田埂上，
披着月亮的影，
走向太阳的光。

如果，
情智拽不住情心，
那么，
我愿，
长久守在书斋旁，
嚼着先哲的简，
品读墨宝的香。

如果，
梦想终究是梦想，
那么，
我愿，
一直睡在诗海里
枕着黑色的馍，
做着白天的梦。

2015 年 4 月 10 日

## 选　择

——献给仍在犹豫中选择的人们

既然
选择了放弃
就不要
频频回首
因为
那只会

延缓前行的脚步
既然
选择了孤独
就不要
仰望繁华
因为
那只会
动摇独守的决心

既然
选择了生活
就不要
惧怕艰辛
因为
那只会
降低生命的质量
选择
内心的考量
无悔地坚守
不要瞻前
无须顾后
在人生的园圃里
犹豫之花
永远结不出
缀枝的硕果

2015 年 4 月 27 日晨

# 那年今日里①

——致我们已逝的高考青春

## （一）

那年今日里
细雨淅沥沥
花伞游弋
裹挟清凉
带着托嘱
忐忑地步入及第的考场
场里是静静地写
场外是灼灼地等

## （二）

那年今日里
心雨飘飘飞
许愿以寄
装满畅想
挥洒墨笔
自信地书写过往的寒窗
窗里是唰唰地响
窗外是娘亲的影

## （三）

那年今日里
淋雨别师
挥手闺密
怀揣迷茫
背起行囊

① 又一年雨季，又一年高考，以此诗纪念我们曾经的高考岁月，祝愿高考生们心愿得偿。

无助地远走梦中的他乡
乡里是苦苦地望
乡外是朦朦的景

（四）

那年今日里
细雨淅沥沥
放飞的风筝
再无归往
霓虹为桥载着我的愿
游子的心　永远
牵系
记忆中的故乡

2015 年 6 月 6 日晚

## 我是一只丑小鸭

我是一只丑小鸭
没有漂亮的衣衫
没有动听的歌喉
没有人会多看一眼
池塘边扑腾着臂膀
抖落一身一地的水花

仰望万里的碧空
一天一天
数着白云追赶晚霞
使尽全身的气力
还是飞不过对面的高高的山崖
曾想翅膀越过那
阻挡我的层层峰峦
低着头啊
还是恋着脚下的家

水波一阵阵圈起四季的芳华
白天鹅的彼岸
也许永远
不可能抵达

暗夜中
星光编织着灿烂的萤纱
照亮茕茕孑立的身影
雕刻在峰隅下

美好的愿景
还是
空空流淌的诗文
一行一行地轻吟
变成前世熟悉的神话
一季一季地流传
随风尘飘浮渐渐地老化

2017 年 5 月 19 日

## 长在山里的花

一朵花
长在山里
含着蓓蕾
立在山腰上
神态悠悠然的
目光
总是凝望远方
第一个
见到
每天升起的太阳
第一个

听到
每天响起的晨钟
最后一个
落到
登山者的相机里

2018 年 4 月 26 日

## 游走的讲台

不知何故，我如此受上天的眷顾？
总是载着讲台，游走在江湖……
游走，在龙江黑土，
我的讲台随嫩江水起伏，
荡起的巨浪，推我踏上新的征途。
游走，在冰城故土，
我的讲台在松花江面漂浮，
灯塔的明辉，照亮眼前浪花无数。
游走，在平昌京都，
我的讲台再无浪花飞逐，
安静地停歇在风水宝地，
再不愿涉水远足，
而一颗心还游走在江湖……

2015 年 11 月 25 日

## 舞　者

把时光酿成美酒
从元初饮到岁尾
若明知　终有一醉
何不
一饮而尽
无惧无求

把日月调成五彩
从旭升绘到夕沉
若艳羡　炫亮一世
何不
踏歌而舞
无止无休

2015 年 12 月 17 日

## 歌　者

你和我
都是生活的歌者
只不过
我让日子煮出诗句
你把雅致
调和了五谷和柴米
在大海里
稀释成一颗颗
浸满油的盐

2015 年 12 月 23 日

## 奔向大海

雾霾时代，静拥沧海，让诗歌缓缓地来……

——题记

望川的峰端
未曾退步的层层雾霾
包裹着末世的心
没有太阳的世界
徒留一片灰色的心霾

睁开眼睛
眼前的世界一片苍茫

看不到光
数不到星
摸不到艳阳
窒息
闭上眼
黑暗重重
我仿佛听到大海的呼唤

张开嘴巴
舌尖全是苦涩
吃不到果鲜
品不到醇甘
吸不到氧气
窒息
闭上嘴
饥肠辘辘
我仿佛嗅到大海的味道

敞开了心扉
并未迎来敞开的世界
心中的那片天
沉了
直沉到汪洋
窥得见瑚珊
满目把玩小丑鱼的美丽
我醉在大海的怀抱里

我独自奔向大海
让滚滚浪涛冲刷
忧郁的心霾

2015 年 12 月 12 日

# 青春之歌

——写在 2017 年的五四青年节

青春是孩子纯真的脸庞
怀着童心
拥抱赤子
即使受伤也要
挥泪地前行
只为绘画长大的蓝图
还有那一张
心中最美的风景
青春是倔强的千里驹
脚步不曾停
信念不曾改

沃野　平川
奔跑　驰骋
只为成功的艳丽
享受一声
仰天的嘶鸣
青春是自由的雄鹰
关不进牢笼
锁不到窑底

肆意　任性
仰望连天翱翔
只为心中的梦想
挥洒一股
满腔的豪情
青春与祖国同行
青春与梦想相依

青春为祖国奉献
青春为梦想执着
我为青春骄傲
我为青春留守
用墨笔写下遒劲的自豪
我为青春呐喊
我为青春欢呼
让赞歌响彻通天的云霄

## 储存诗心的蕾，总会绽放艳丽的花

岁月风雨的冷冰，默然销蚀太多的真意，
勿怨世间常伴薄情，且手捧诗心执拗前行！
——题记

昨天的夜路
漆黑与尘霾共舞
摸索的双眼
全噙绝望与无助
脚步抬起的是踯躅
放飞的线
仍是筝的孤独

今晨的艳阳
将紧锁的眉照亮
敞开的心河
直把情与念流淌
汇聚汇聚
浩浩汤汤的汪洋

明天的草原
绿绦点缀沃野天蓝
拾起的情愫

种下五彩的圃园
让爱一生来浇灌
善心经营的田

汗水浸透衣背
那是耕耘者最美的图画
储存诗心的蕾
终将绽放
艳丽的花

2016 年 1 月 6 日

## 又是一季玉兰花开

明明是暮色时分
却抓到早春的衣角
玉兰终于耐不住暖阳的诱惑
绽开娇粉的裙摆
不用随风相约
蓝天已经铺成锦缎
心蕊的妖娆
就是一段段最美的舞蹈
一季冬霾
冷落了一树的青枝条
一声雀鸣
唤醒一季的校园歌谣
音符在绿色间跳跃
紫气渲染楼阁的韵脚
轻轻踏进泥土泛香的软草
只有一季玉兰盎然
清歌中言语
冲天向好

2019 年 3 月 7 日

## 从图书馆望远方①

从图书馆望远方
只有山
和那些被山体遮住的远方
山脚
老树和新枝一起攀升
老得枝丫寸断
嫩得意气风发
图书馆里
没有可以落座的地方
椅子上
早已堆满学生们的书包
一座座山峰不可逾越
一处处远方
在书页里飞翔
听到新树的欢呼
也听到老树的呻吟
深秋走进了冬的心房
从图书馆望远方
远方被日光装在心里
从此再也放不下

2018 年 10 月 20 日

## 这个清晨②

这个清晨
真的有点冷

① 以诗祝法大学子“法考”成功。

② 中国政法大学刑事司法学院 1605 级同学积极向上，为留下精彩瞬间，早上于图书馆门前彩排，班级师生合影，祝福未来更美好，遂记之。

从北三环的学院路
到昌平的府学路
不是脚步的丈量
是车轮的旋转
汽笛一声声
催亮天边
朝阳
一点点爬到楼顶
镜头
摄入最美的造型
融入青春的心列
阳光照在东方
手，指在哪里
心，就暖在哪里

2018 年 11 月 29 日

## 对不起，我的孩子①

我是一个地道的数学学渣
计算的成绩从没有及格过
每周有七天
每年三百六十五天
我却不能数出一个完整的日子
与你说句完整的话
想着你把一双拖鞋穿在我的脚上
想着你把一个拼图举过头顶给我看
想着你把一支画笔在纸上慢慢地变成我的脸
……
身边的景色几处安然
进水的脑子选择陪天上的日月
穿梭人间

① 感于分秒必争的教学科研工作，繁忙中无暇顾及孩子，自愧之，遂记之。

我抓住时间的辙与轼
我握住时间的车与轮
我压缩今天和明天
让一天活成一年
让一年变成十年
加速跑道上一圈又一圈
我奔跑　我喘息
我追赶着火红的太阳
却把黑暗的背影留给了你们
睡吧
一滴泪照亮窗前的树影
和那棵青苗
耳边又听到梦语的期盼：
妈妈，
你什么时候不上班？
睡吧
醒来可以看到一张微笑的
妈妈的脸
这个黑夜
塞满星空
世界无语无言
晚安
太阳的花园
晚安
月亮的小船

2019 年 6 月 1 日

## 本命年是一只红色的兔子

玉透的兔子
闪着和田的温润
化太岁的符咒
祈福着岁月的平安

用红色雕琢身形
用红色画出灯笼
用红色圈出年轮
一个相生相克的故事
一个十二载的轮回
一个圆
一个圈
一个生命的锁链

2023 年 1 月 12 日

## 奔跑的蜗牛

《山海经》里
看到了一只长了翅膀的化蛇①
动物百科中
画着一只会飞的鱼
牵着孩子的手
每天看着蜗牛
在枝叶间停停歇歇
雨水中露出头角
烈日下托着房屋
从春分走到立秋
从昨天走向明天
天马可以行空
蜗牛可以奔跑

2023 年 8 月 8 日

## 冬日的芦苇

岁月光影如刀
割断一茬茬的根茎

① 化蛇：一种豺身鸟翅能预测大水的蛇。参见《山海经·中次二经》相关记载。

没了蒲团　没了锋芒
托起一地的苍黄
蓝天是常有的
雪山就在前方
既然来世间走过一遭
就应该看看太阳看看光
即使炙烤
即使枯萎
也应是立在日头底下的
一片辉煌

2022 年 12 月 22 日

## 行路人

行路的人走在路上
泥泞缠绕脚底
石子刺疼脚跟
在地平线上——
映出高大的人影

行路的人漂在海上
在海风中冲浪
让浪花落在身后
让鲸鲨沉入海底
让他们笑着看着你——
走得越来越远

行路的人总有心事
在心中装着五彩的稻田
在黑夜里
总有一颗升起的星辰——
照亮自己

2021 年 12 月 20 日

# 第十一部分　花间爱语

## 相思豆①

我飞到北国
留你守候在爱的家园
真想长出和你一样执着的翅膀
落在相思树上
重又飞回昨日共觅的缠绵
你翘首期盼
引我依恋的双眸
只愿化作山脚一滴清露
投入大地炽烈的拥抱
相思豆是我的眼睛

2003 年 5 月 23 日

## 三月春风　吹开朵朵女人花②

三月风吹
荡漾朵朵女人花
姹紫嫣红
将春色填满
莫要追问
几度红尘轮回

① 因毕业在即，自己不得不与恋人分别，回到哈尔滨师范大学准备硕士研究生的毕业答辩事宜。为寄短暂相思，遂作此诗以记之。

② 为“三八”妇女节而作。

只在寸光中
笑媚嫣然
想采撷一枝
独自赏玩
抛却片叶随风飘摆
翠色空摇的落寞红颜
只在暖怀的素瓶中
倾诉孤单
春光
这是三月馈赠的朵朵女人花
向着艳阳
醉在柳青嫩芽的罗盘
怡然傲居的季节啊
婀娜
映在小溪喧流的蜿蜒

2016 年 3 月 8 日

## 我与你，相逢在三月①

——乙未年伉俪十二载记

我与你，
相逢在三月，
和风为伴，
细柳相偎依。
摘一缕云彩，
绣作嫁衣裳，
随旭日，

① 诗境诗语——2003 年 3 月 9 日是我与夫君相逢的日子。而今恍然 12 年，不知不觉，菜米油盐，相夫教子，清淡如水，少了些许空投玫瑰的浪漫，却增了彼此亲情的温度，一切的可能共同担当，一切的不可能共同创造，一家人，情意浓，执子之手，不图富贵，不羡荣华，只愿相守，共度今生。回翻旧照，容颜尽改，独愿诗话不老，字结人心，遂题此以记。

托起春的希冀。

我与你，
相逢在三月，
执手空盈，
出入皆欢宜。
呷一口粗茶，
能就淡羹米，
骑单车，
写下春的韵事。

我与你，
相逢在三月，
身许军都①，
情洒法学苑②。
撕一页页旧历，
绘成桃李园，
凭枫栏，
品味春的芬芳。

我与你，
相逢在三月，
迎着春意，
期待秋华实。
挽一袖银杏③，
描摹秋容姿，
携玉兰④，
探寻春的踪迹。

---

① 军都：指北京市昌平区的军都山。此处也代指中国政法大学。

② 法学苑：指工作在法学高校。

③ 银杏：一种落叶乔木，有“活化石”的美誉。此处指中国政法大学的校树，也是长久爱情的象征。

④ 玉兰：中国政法大学的校花，也是美好生活的象征。

我与你，
相逢在三月，
经历风雨，
把窗观虹霓，
得一朝牵手，
聚会今生，
凝万般情愫，
再约来世。
只因——
我与你，
相逢在三月。

## 百花洲①

——写给近在咫尺的你

执手
行走在百花洲
摘一束春桃
只想戴在你的鬓发上
掠一处春风
只愿嗅到你的温纯
捧一缕春水
独等映出你的影踪

曾千万次地想远行
却总是
割不下你的酥柔

① 这里的“百花洲”，是梦想，是生活的家，是工作的法大，更是从未离开的身边的你我他。于是，在开学第一天，在工作第一晨，工作继续，诗情如故，我乐意为近在咫尺的朋友赋诗，只因——你们是我心中的“百花丛”。

曾千万里地去远行
最终
还是决然地回到
你的行程

满园秋色里
那远方
仅仅是远方
我们惬意地流连
忘返的
春天的百花洲

2015年9月5日晨



## 与子偕老①

等你老了
我的手是你的拐杖
你那千条纹皱
塞满我今生的牵挂
等我老了
你的眼是我的方向
我这万缕发丝
染尽你来世的情约
等我们都老了
守着日晖
朝起夕落
一起追忆涩涩青春
曾许下的初恋誓言
等我们都老了
守着苦涩的咖啡
品甜蜜的滋味

① 感于人之老年，情缘依旧，遂记之。

一分一秒中
执子之手
与子偕老

2015 年 10 月 26 日

## 法大的春天，你好

踏着东风旭日
漫步在军都山
浅绿　浓绿　绿透了双眼
淡红　深红　红透了枝头

你的轻轻回眸
笑开了一路玉兰娇艳
一朵　两朵　散在瓦蓝晴天
千枝　万枝　支起沃土的苍翠

任回廊曲折
看荫柳垂条
尽情绽放如约的花期
肃穆敬仰法镜的威仪
法大的春天
你好

2016 年 4 月 14 日

## 法大·秋雪

——记 2015 年的第一场雪

秋雪
一道今日法大
独特的风景
秋与冬　雨和雪

莫名地相依相伴
从天而降
秋雪
落在小径　落在花瓣
五色杂陈在校园里
红的是枫　黄的是叶
绿的是草　白的是雪
亮亮的
是冰雪相拥的泪珠
秋雪
落在松枝　结成银挂
滴在叶脉　汇作相思流淌
飘落在青草未逝的大地
为芳华生了缕缕鹤发
秋雪
秋雪
落在花园的操场上
成全了孩子的童话梦
在不经意间　总会
惬意欣赏　顽童堆砌的雪人
红鼻黑眼
惹一路欢歌雀跃
秋雪
落在你我的心里
寻景
收一路的倩影
摄下心仪的画图
不小心
已经落在别人的镜头里
秋雪
雪花成片　雨滴如注
谁能说这是秋
谁又能说这是冬呢

法大的秋雪
融化了冬的寒意

2015 年 11 月 6 日

## 法大·秋雨

有故事的法大，有故事的秋雨。
——题记

### （一）

法大秋雨中　撑一把伞走
独步法大　走进这场
绵绵的落雨中
伴滴雨来拾捡
时光的记忆

### （二）

法大秋雨中　随一片叶落
探寻秋色　银杏黄娇处
用飞舞来感悟
大地的温情

### （三）

法大秋雨中　逐一处车影
揣度行程
昌平阑珊　京都喧哗
城里城外都是法大师生
心往的家

### （四）

法大秋雨中　观一路灯辉
照亮前程　照亮黑夜中
学子奔向书馆的

玉兰小径

（五）

法大秋雨中　望一座远山
描下军都的影
遥见雾雨蒙蒙中
依稀松柏的翠

（六）

法大的秋雨中 竹木秋千载着秋叶飘荡
心的距离　拉近在
粉红色的雨伞下

（七）

法大的秋雨中　撑一把伞走
烟雨蒙蒙　不期然间
就会遇上
共撑伞的她……

2015 年 11 月 5 日夜

## 一叶枫情

不知
随风轻舞几时
只骄阳下的一瞥
就已看落人间
半世的霜红
拾起
是浅浅的叹息
抑或还是
深深的眷恋
扑向大地
只为

送君一叶枫情
也许
希冀暂可暖透
你那
历尽四季的冬寒

2017 年 10 月 23 日

## 玉兰花

玉兰花又开
就盼君再来
多少秘密的私语
只想向你表白
玉兰花又开
绽放我的心霾
几许的期待
独随春风摇摆

2016 年 4 月 1 日

## 春归寻芳

探觅芳踪
追影处
难为情思
化作恋花蝶
放慢舞
春姿驻哪朵
竞品香茶
邀月送暮霞
纵是雨霏
飘来万点泪
仍举杯盏
偏同夜色醉

盼归

盼归

2016 年 3 月 22 日

## 献给多情的你（情歌四首）①

有情就有歌，歌中皆含情；唱不尽的情歌，写不完的爱。所有的情歌都写给多情的你。这里的情歌包括四首：《我把思念寄给谁》《奇遇》《翻开我的日记》《蓝玫瑰之恋》。

### 我把思念寄给谁

抱起吉他弹首相思的曲
北国飘来岭南的雨
曾相约一生的相随
而今空留无字的情书

坐在窗前望着风中的雨
为你写下问候的祝福
曾踌躇满志的共醉
而今各背行囊的陌路

我把思念寄给谁
随风飘散何处追
饮下日月星辰的醉
何时唤来你的归

写下祝福送给谁
墨迹浸透我的泪
风尘流浪我心儿碎
何处暖风温柔地吹

① 应老同学之约，试创作几首情歌谱曲，遂以记。

我把思念寄给谁
严霜飞雪任零落
风尘浪迹无怨无悔
何时盼来你的回

我把思念寄给谁
严霜飞雪任零落
风尘浪迹无怨无悔
只愿等来你的回

## 奇遇

与你相识是我今生的奇遇
甘为你笑　甘为你涕哭
摘一朵心尖的玫瑰送到你的手上
用一圈圈年轮把爱来追逐

你是我一生的奇遇
我用今生来追逐
你是我最爱的艳图
我要用来世来呵护

与你相识是我今生的奇遇
愿随你进　愿随你出
揉一缕情丝盘在你的黑发里
用千载白头把爱留住

你是我一生的奇遇
我用今生来追逐
你是我最爱的艳图
我要用来世来守护

## 翻开我的日记

翻开我的日记

里面全是你的容颜
不知现在的你
一切可好啊
独自举杯
好想回到从前
对着天空轻语
遥祝远方的你平安

翻开我的日记
里面全是你的记忆
可知现在的我
依然在想你呀
独自等待
守我的空枕入眠
搜寻过去你的缠绵

翻开我的日记
里面全是你的名字
谁知当初的情
随红枫轻荡
飘落在你的天边
独自邀月
照亮你我的身影相依

举起酒杯
想起日记的故事
翻开我的日记
里面全是你的容颜

## 蓝玫瑰之恋

躺在你的秋波里
耳边尽享着花的私语
冲淡那一丝丝

赤橙黄绿的炫目
让我独自守望你一片片的蓝

蓝色的天
囊括万物让我自由地呼吸
期盼着
与你行儿相守
一起拥有未来生命的蓝天

蓝色的海
汹涌澎湃你我那起伏的心跳
期盼着
与你身儿相守
一起留住彼此爱情的泉源

蓝色的玫瑰
传递情人那神秘的暗恋
期盼着
与你心儿相守
用一生来维护我们的伊甸园

躺在你的秋波里
耳边尽享着花的私语
淡却那一丝丝
赤橙黄绿的炫目
让我独自守望你一片片的蓝

2016 年 1 月 1—3 日

# 梦约花桥①

信守与你的相约
默默奏起梦中的笛箫
企盼那琴瑟相和的天籁
越过空谷久久地回荡在
碧秀铺满两岸的花桥

灵剑的一洼清溪
让思绪随月影漂浮
暮色中倒映着
冰雪拥吻南国的恋意
逐波光游寻奔你的心路

你可是公输般的后裔
踏着近两千五百载的光年
执着于巧夺天工
骄傲地捧起琉璃青彩
独倚美艳万世的虹影雕栏

终于醉入五孔的斑斓
星辉遮不住望月的相守

① 花桥位于桂林七星公园小东江与灵剑溪汇流处。据《静江府城图》石刻的绘制，宋代已有此桥，石砌五孔，桥式和桥亭大致与当代的水桥部分相同。花桥多有易名，宋代，因建于嘉熙间，名嘉熙桥；明代，以附近花木繁茂，更名花桥；清代，因东端有小山平坡突起，形如柱，改名为天柱桥。元末明初，该桥被洪水冲塌。明景泰七年（1456），桂林知府何永全在原来的桥基上“架木为桥”。嘉靖十九年（1540），靖江安肃王妃徐氏，重修为现存的四孔石桥，同时增旱桥6拱，以加强排洪。桥分东西两部分，东段为水桥，长60米、宽6.3米、高8米；西段为旱桥，长65.20米。1965年整修时新增一孔为七孔。平常两江之流从水桥缓缓南去，汛期洪水则从旱桥排泄。整修后，桥亭及旱桥勾栏均改为混凝土结构。花桥自古景色迷人，山光水色，幽雅绮丽，让人心旷神怡。北望花桥，水桥四孔与倒影，通圆如四轮明月，有“花桥虹影”美誉，甚为壮观，在这里，有月看水中映月，无月看桥孔影月。四孔临水，圆月可数，正是：花桥常有月，慧眼数团圆。

小东江的回眸
依然是前世
你我相约的今生花桥

2015 年 12 月 25 日

## 女人节的礼物

女人节的礼物不再是玫瑰
花店里没有老板
门锁旁有撕掉的画报
和一朵凋零的花瓣

女人节的礼物不再是巧克力
超市最畅销的
不是德芙　是方便面
每个人的推车里都是蔬菜米面
还有彼此保持的
一米五的距离
和一个时刻要对准你的温度计

女人节的礼物是不能见面的问候
没有花语
没有浪漫
没有不期而遇
只有
写在微信里的平安
和放在厨房的一袋子米面

2020 年 3 月 8 日

# 第十二部分　塞外乡音

## 家

家
连接父母双亲的脐
虽然
呱呱坠地间
剪开了神奇生命的一段
但是
那痕迹
却永久地刻镌
你的
腹心里

家
连接兄弟姐妹的圈
彼此奔忙的岁月绕缠
虽然
伤得七零八乱
分离得八方四面
但是
却始终绕环
由她温情描画的
圆心里

家
连接思乡游子的筝线

虽然
五湖四海的辽远
千万里阻隔的重山
但是
只要拉起线
你总是第一个飞往航站
投入她的
怀抱里

家
连接同一片海洋的帆
虽然
驰骋日月的行船
游荡星辰闪烁的天边
终要
收桨回返
载满
期待与呼唤
那个蓝色的岸

家
我的情海我的船
叫我如何不想她
家
我的血脉我的岸
叫我如何不回返

过年了
我心儿暖
我望到了岸
我听到了呼唤
我要回家了

## 冰

安静得像一潭湖水
清透得像一口果冻
低头
看得见水草凝固在水宫里
高举几块碎石
抛向最远的冰面
追上滑行的一九和那阵北风
踩在脚下
却看到了蓝天

2022 年 12 月 24 日

## 回 家①

复兴号缓缓开出北京站
近树　远山　手机屏幕里瞬间闪过
起点和终点写在一张车票上
三个小时就可以到达
旋转的车轮在提速
蹦蹦路②上看到两边的大豆和玉米
夕阳下青色一片　几处人家

席上
我说不出方言土语
东北人说我是北京人
安徽人说我是北京人
北京人说我是外地人

① 为婆婆办丧事期间，倍感传统文化对于家的认知意义，由本家血脉传承而形成最简朴的家族意识，却凝聚了一个国家的精神世界。当代人精神栖居的迷茫，往往是对根文化的游离，遂记之。2022 年 9 月 5 日凌晨 4 时，记于安徽省宿州市灵璧县王沈村。

② “蹦蹦路”这里指乡间崎岖不平的小路。

黑土味的娘家
淮水边的夫家
还有建在远方的四口之家
王沈村见到祖辈的家

记忆在几千年间搜索
孔孟之乡的邻里
手足之间的谈笑
青砖碧瓦里的鸡鸣
油漆大门前的狗叫
还有落日里的荷锄而归
水杉树影　几缕晚霞

我的起点是妈妈的肚腹
我的终点是归家的道路
可是永远不知道
何时可以到达

百年之后　一抔黄土
当重建一所房屋
镜框里的我
会睡在哪一个家

## 下雪了①

下雪了
东北的小伙
捧起雪国的礼物
洋洋洒洒
献给地上的姑娘
缝制新娘的嫁衣

① 本诗是响应深海鱼群同题诗征稿而作。

亮了双眸
红了双唇
羞了两腮

下雪了
东北的淘娃子
扑到雪国的怀抱里
撒娇撒娇
撕一缕天边的云霞
披在梦想的羽翼
说着童话
等着龙飞
候着凤舞

下雪了
东北的黑土地
紧裹着银袍
咯吱咯吱
聆听天籁的乐曲
享尽温柔的梦乡
睡了冬季
醉了沃土
醒了秧苗

2015 年 11 月 25 日

## 在冬天

冰雪浇铸的世界，遮不住向阳的情结。

——题记

在冬天
裹紧棉雪堆成的袄
蚕吐的银丝
一根一根

装进自缚的密茧

在冬天
拥抱絮诉的语思
倾吐的华年
一段一段
点缀素颜的耕田

在冬天
走向爱人心筑的桥
蜜甜的滋味
一股一股
暖化冰冻的霜寒

## 白天鹅

白雪中看到更加白皙的你
曲线萦绕在天地的气息里
你是落在湖心的歌谣
让过客倾心吟唱
随着心律想起儿时的记忆
和那远方的诗

2023 年 1 月 12 日

## 没有太阳

没有太阳
人也要在黑暗中爬起
等花开　等天亮
年轻的花总想着绽放
成熟的果只想着落下
榆钱树发芽了
不用开花

撸一串儿　吃一口
很香　回到故乡

2023 年 1 月 1 日

## 雄鸡晓唱①

路过凛凛的红冠
曾那么惧怕你的威严
聆听喔喔的啼鸣
伴我走过故乡的童年

怀着飞天的梦想
守望贫瘠的土壤田园
羡慕登枝的凤凰
甘作一片垒屋的瓦檐

蹉跎岁月的年轮
画着放大的一圈又一圈
踱步在天地的场院
走不出自己设定的围栏

可还是当年的勇将

① 书画作者：常树森，当代中国实力派画家，1954 年生于沈阳，祖籍河北泊头。系中国美术家协会会员、文化部文化艺术中心中国书画研究院顾问、辽宁省社会文化优秀人才、沈阳人民政府参事、辽宁科技学院兼职教授、沈阳工学院终身教授，曾任张氏帅府博物馆副馆长、沈阳故宫博物院副院长、研究员。毕业于鲁迅美术学院，专攻工笔走兽、花鸟画，尤擅画牛、鸡、荷。40 余年苦心求索成绩斐然，以雄厚的实力奠定了自己在中国画坛的地位。曾 13 次参加由文化和旅游部、中国美协举办的全国美术大展，连续入选第六、七、八、九届全国美展（五年一届），同时获奖的作品大多是以牛为表现题材：《北方的牛》获第八届全国美术展览最高奖后，又获中国政府文化最高奖——文化部“群星奖”金奖，《高原的云》入选第九届全国美术展览，《归途》又入选“迎接新世纪”全国工笔画大展，并获东北三省国画展大奖。他的数百幅作品被国内外博物馆、收藏家收购，收藏备受青睐，从 2001 年起至今作品连续被香港佳士得、北京翰海、北京保利、瑞平国际、辽宁中正、辽宁建投、河南百瑞森等拍卖行拍卖，并有专著出版和多幅作品代表国家在国外展出。

誓死捍卫身后的儿孙
父亲的职责在心间
美丽的永远是张开的翅膀

多想自己就是毛茸茸的鸡娃
随岁月长大成你的威严
多想黎明前陪你呼唤
一起把朝霞镶在潇洒的云端

2016 年 1 月 8 日

## 麦浪随思

麦浪
让你回乡
重新敲响心骨
那好像很久以前的
已经忘记的记忆
被麦田里的守望者唤起
稻草人啊
惊飞几只鸟雀哦
却欢喜了流汗的耕夫
数不清的麦粒
熬成粥食　温暖肚肠
麦浪
在今天的春雨中欢舞
动了一句心语
肥了一方黑土

2018 年 4 月 22 日

## 康巴汉子

我的视线里
充满了你们的奇装异服

猜测你的家乡
追寻你的由来

也许
你从远古走来
随文成公主入藏为家

也许
你从远山走来
随拉萨河水流淌豪迈

康巴汉子
头顶莲花珊瑚互相为伴
汉子康巴
丝缨盘起佛祖的光耀

也许
你从战火中走来
长发荡起　壮士走起
眉宇来挥洒英雄的气概

也许
你从西域边疆走来
臂膀雄健　步履矫健
挥鞭扬尽白云的潇洒

也许
你从天边走来
放牧牛羊　放声歌唱
放眼收尽沃野的天涯

2015 年 12 月 9 日

## 清明是一个节日

清明是一个节日
装满一怀思念
遥寄一份乡愁
一捧菊花
随往事回味
清明
一处可以稍事停顿
而又必须
重新开始的心程
清明是一个节日
思念从这一天开始
新生从这一天开始
一切从这一天开始

2019 年 4 月 5 日

## 有个节气叫“大雪”

有个节气叫“大雪”
“大雪”过后
却没有一片雪
被时光隔离的朋友
再聚聚
被吹走的雾霾
再也不回头
孩子在冷风中奔跑
引路的
就是一个个铁圈圈
从不停歇
一直向前
仿佛

我的脚
也走在东北的林道
北风再凛冽些
大地再厚重些
日子再红火些
秸秆干柴
炉底烈火
黄米饭热气腾腾
这个节气是“大雪”
我——
并没看到飘飘的雪
听——
老妈喊娃娃回家

2018 年 12 月 21 日

## 今天的底色是乡愁

乡愁是没有国界的
黑眼睛　蓝眼睛　灰眼睛
在同一个地球
仰望同一片蓝天
黑皮肤　棕皮肤　白皮肤
在不同的国度
绚烂了同一个世界
一份乡愁
充满今天的底色

2019 年 3 月 10 日

## 放飞一只童年的喜鹊

童年的一只喜鹊
卧在草丛旁
遍体的伤痕　耷拉的翅膀

一声声呜咽
刺痛孩子的心房
抱回家
洗去污垢　擦干泪迹
敷药的身子
放进寸方的囚笼
时光医好病痛
风景却只能隔窗遥望
忧伤中将你放飞
挥手去
这个童年
期待下一次的欣喜重逢

2019 年 5 月 5 日

## 小时候，我的家乡在龙江[①]

在黑龙江的沃土上，
有一个小镇叫龙江。
那是生我的故土，
养育着我的家乡。
——题记

小时候　我的家乡在龙江
家在铁道边　铁道边就是家
从襁褓
就聆听轰轰鸣鸣的火车过往
看惯一马平川的黑驹穿行
从未觉
有一丝丝的喧嚣
那是乡音中唯一的小夜曲
伴自己

① 感于儿时家乡的美好，遂为之。

一年四季睡得更加甜香

小时候　我的家乡在龙江
水连着江　江连着水
手握钢叉
就能将肥鱼黑鳅来捕获
仙居的村宅
每一顿饭都闻得到白肉飘香
谁能说北方没有鱼米之乡

小时候　我的家乡在龙江
黄谷连成畦　玉米堆成山
亮晶晶的大米饭
就着泛翠的油葱叶
直将孩童的口水
流到长长的大衣襟

小时候　我的家乡在龙江
校门对着家　家门就是校
太阳总是如约升起
不会躲在云霾后
艳阳下的红领巾
走在宽阔的县道上
只洒下一路歌声儿悠扬

小时候　我的家乡在龙江
生活就是双脚　双脚丈量生活
最炫富的快乐
是脚踏二八单车兜风的骄傲
双腿斜来跨
把好方向　握紧把
自由地驶向远方

长大后　浸在都市里
繁华中
听不到隆隆的小夜曲
看不到缕缕鱼香稻米飘
嗅不到阵阵清神爽心的空气
羁旅程　多远遥
独守儿时泛黄的照片箱
只记得
小时候　我的家乡在龙江

2015 年 10 月 29 日

## 愿你半世归来，童心犹在

从铁道边那块宁静的玉米地
走到了人和车像满天星的燕京城
跟着日子　变换着工作
挤着地铁　变换着生活
涂抹着化妆品　变换着容颜
看到花开　依旧喜悦
看到美好　依旧祝福
看到未来　依旧期盼
看到孩子　就是自己
翻着繁体字的书简
与李贽握一握手
喝着夏季的玫瑰花茶
与卢仝对唱一首七碗茶歌

人心　诗心　童心
用一生读个明白
只愿
半世归来
你我童心犹在

# 第十三部分　为爱祈福

## 2017 年的第一场春雪

2017 年的第一场雪
淘气地在玩耍
不知何时
忘记与冬的牵手
悄然跟在
春姑娘的身后
悠然地洒落
一树春花

2017 年的第一场雪
骄傲地在飞舞
告别
高耸的琼楼
从天宫投入大地
告别
严寒的冬季
从冰川汇入融河

2017 年的第一场雪
多情地在顾盼
爱抚的小草
抬起了头

亲吻的小溪
奏响
一路欢歌

2017 年的第一场雪
甜蜜地
睡在暖阳下
梦中
任性地
把今生的玉屑霜花
绣在春天里

2017 年 2 月 21 日

## 幸　福

霾雾天
敲敲键盘
去搜索幸福
重复
老生常谈的话题
讲述一段段
唐宋传奇
追忆
幸福的人
就是每时每日
惬意呼吸
随天籁之音
沐浴朝阳余晖
健康地活
在别人
渐渐老去的背影里
用一支墨笔
流淌出

曾经的往事

2015年12月8日

## 这个平安夜，我只想把一束花鲜留给遇见的你

夜　轻轻的
风　淡淡的
吹走了薄雾
带走了沉霾
任凭静谧
栖得安然

雪　飘飘的
梅　艳艳的
披上了银素
绽开了粉蕊
可知是谁
美了这冬寒
艳了今宵

我　轻轻的
你　淡淡的
守着儿女的笑靥
入眠

孩儿的梦中
一定期待着
圣诞老人的礼物
塞满
红红的枕榻边

可是

梦里
我不想要童话的礼物
只想
让平安夜的钟声响起
把一束花鲜
留给
遇见的你

2015 年 12 月 24 日

## 生命之歌·等①

季节交替
冷暖自知
生命的渴望
在清寒中辗转
随着血液欢流
把握脉路起程
脸上的斑斑点点
是你调皮的油彩
肤间的纹纹理理
是你光临的印迹
你的嫩脂
窃走妈妈多少的容颜
你的成长
带给妈妈几许的丰腴
我不知你的模样
却早在心中画上千万遍
全是福娃的样儿
我不知你的胎萌
却早已聆听波动的旋律
全是撒娇的样儿

① 十月怀胎，生命涌动，母爱永恒，遂记之。

用心圈住生命的圆
抚着脉动
握住连脉的脐
抛却黑夜
守望黎明
只是静静地等
等过冬寒
等过夏芳
翘首等来今朝的秋实

2016 年 9 月 6 日

## 希望之歌·等

青叶等来秋黄
红枫等来硕果
鲜花从不败美人
玉树最爱迎春风
风中等待宁静
夜里等待黎明
……

## 过年了，你是否与我同行

浪漫的季节
追逐湖心荡舟
回廊牵手
让那莞尔一笑
赢一朝百媚千红的回眸

成熟的年纪
习惯了粗茶与淡粥
闲庭散步
任这浅淡清愁

消磨在对饮的浊酒后

过年的时候
让归乡的列车
把思乡的惆怅载走
只留你与我的足迹
在后头

2017 年 1 月 27 日

## 5·20 写一封爱你的情书

爱你
在茫茫的夜
摸着迷雾去寻你
只为你的容颜痴迷
任周遭飘落几世尘芳

爱你
幻梦中成为你的新娘
在那含情双眸
睁开的一瞬
拥在你的怀里窃喜

爱你
在浅浅的清河中
搜索你的影
在潋滟波光中
捕捉你的心
在片片帆舟中
掬一捧你千水的柔情

爱你
随老藤椅慢慢地摇

轻轻地走
丈量风华岁月的尽头
页页地翻
读懂今生故事的结局

爱你
在暖暖的初夏
只为你一人唱赋
挽着双手
数着额间的白发
一直走到
天尽头

2016 年 5 月 20 日

## 听说你要去远行①

——寄给他乡的你

听说你要去远行
我踯躅的脚步
赶不上你航班的飞行
隔着玻璃窗
来沉淀
注满心房的冷冰

听说你要去远行
我欲飞的泪花
滴落在
你从前的叮咛
如何用手中的量尺
把遥远距离的短长

① 以此诗送给即将远行的朋友，以表牵挂和思念之情。

准确来量定

听说你要去远行
我辗转的光景
投射在
你重彩的铜镜
树影中来红酒一瓶
温暖彼此
身体的温度

听说你要去远行
我迷落的视听
追逐你
明眸的眼睛
落叶寻根的情
依栏来抚平

听说你要去远行
我无片刻的安宁
追思你
依稀的背影
脚步永远不想停
游游走走
来陪伴
四季飘零的浮萍

2015 年 6 月 14 日午间

## 我的 80 年代恋曲

攀爬他乡的橄榄树
寻找热恋的故乡
寻找粉红色的回忆
西口走一走

乡间的小路　篱笆的墙
多少心愿
是一首首的信天游
迪斯科　咖啡屋
都市的节奏
滚滚红尘
顺流逆流
穿过你的黑发的我的手
又是千言万语
又见炊烟往事
你走你的路
我唱我的歌
外面的世界
留不住你的眼神
在水一方
才是爱的皈依
再回首　与往事干杯
再回首　大约在冬季
逝去的爱明月寄相思
特别的爱给特别的你
再回到从前
兑现风中的承诺
只要你过得比我好
不负今生
潇洒走一回

2019 年 3 月 10 日

## 诺　言

寒雪答应春草
在春季给她铺暖家里的被
又一季桃李花开　芳香满地
枣树答应青藤

在秋天为她送上一身红果
为她披上待嫁的红装
带着羞涩青果走出秋黄
她要带着红果汁液
甜遍每一位走来的过客
让做出的事顺了心意
让说出的话变成金子

2023年1月12日

# 第十四部分 书香诗道

## 读

读
就一个字
在安静中
聆听最真实的心跳
在孤独时
悦纳不完美的自己
低头
留下一万个
黑色铅字

2018 年 12 月 11 日

## 巧 遇①

中秋夜 望月
月中有仙女 玉兔
和一棵砍不断的桂花树
遇上师者 在人间论道
那只是一个传说
行走的星斗 亲吻的落絮
乘着东方号 乘着嫦娥号
想把那树木做成床

① 2022 年 9 月 10 日，教师节遇到了中秋节，一个不期而遇的“双节”来了！这是一个世纪的巧遇，这是一个来自世界的对话，有法大留学生的问候，有天人合一的梦想之约……

想去广寒宫待一会儿
逐月　别忘记
穿上宇航服
说好　在世界各地看一个月亮
我们要在环形山顶相遇

## 故纸堆

我已经不习惯写信
嫌笔尖的游移会占去太多的光阴
守着日月
闻着墨香
我和你一样依然是白纸一张
每天对着手机刷屏刷微信
任凭连线的电流
随着手指的节奏消耗殆尽

一瓶橙色的老香槟
在打开的一瞬间　泡沫飞溅
盛宴的酒席上
它早就不是珍品
只是在唇舌交磨中
却流出久违的狂热和刺鼻的清新
一直湿到胸襟

你面对烈日总是高呼着绿茵
我享受着田园却最企盼海滨
在高楼环矗的都市
驻足　前进
我们都没跳出在与不在的视频
呼吸着无氧气的空气
戴着口罩挡住的是自己的脸
于是

狠狠地拔下紧扣的三孔插座
断了电流的源
甘愿沉浸在故纸堆前
与你为邻

你看不见我
我摸不到你
但是老祖宗的文字
能够让你我感受到那颗
永远跳动的初心

2018 年 3 月 1 日

## 语言之城

坐拥千年的古城
一怀困惑
对仗工整的词句
花去朝来夕往的时光
声律抑扬的平仄
开启士子光明的前程

竹简　宣墨
写满
一字之师的美谈
一词之炼的文功

一首诗
一个人
一段逸事
一部文化史

揣着回家的执念
走进古城

重温
逆旅的穿越
可否会
增加现代的温度

2018 年 7 月 3 日

## 宋词之美

我不知道你究竟有多美
却已经
随着你的足迹
走过了千山与万水
我不知道你究竟有多美
却咀嚼你的味道
流了千行珠泪
世界再大
也只写在你的一纸红笺
人生再小
也能述说万般柔肠
真的不知道你究竟有多美
只要拥有了你
心儿就会芳草菲菲
在雨季
升出三生的妩媚

2018 年 7 月 8 日

## 仰望一堂课

憋足一个冬天的劲儿
让双指握紧油性笔
写出一行歪扭的汉字
害羞
恐怕惊吓了

窗外的那株玉兰
翻页的教材
一摞摞高过我的眉眼
追不上的时代
向前向前
催促我的步履蹒跚
英文俄文法文
字母穿成根根珠线
在唇舌间交替
仰望一堂课
望却云端
那是亘古炎黄的山
坐在山脚
裹紧笔墨纸砚
坚守三尺讲台
携带松竹梅兰
它们
就是今生的所有行囊

2018 年 3 月 30 日

## 静夜思

数着日子　望破天空
李白的斗酒醉了故乡的月亮
低头　弯腰　俯首
落在霜风的枯枝　摇落最后一片黄叶
让路看得见尽头
让心感受到温度
年关　把月光洒成惊喜的礼物
装满圣诞老人的袋子
送给熟睡中的顽童
喜悦　又一个年头

2021 年 12 月 26 日

## 回乡偶书

如果回乡　要有发小来接站
如果回乡　要有青葱的儿童记忆
如果回乡　要有炉火通红的一席草房
……
恐怕
我记不得那一条临街的报亭
恐怕
我记不得曾拾捡的落叶秋黄
恐怕
我记不得高坡骑行的自行车童话
恐怕
朋辈的晚生将我呼作远来的客官
指路笑谈

回不去的家乡
我在远方与你相望

2021 年 12 月 26 日

## 元　夕

那个元夕
我曾守着一个人来
冬日阑珊
走过的人影一排又一排
收起了心绪
却不舍华丽的灯彩
走过繁华的街市
在孤独静处有蜡梅花开
和你我
不期而遇的偎依

2021 年 12 月 26 日

# 石 头

稳稳地坐在了千万年的大地
风动　声动　云动　雨动
或曰灵璧石　或曰泰山石
或是飞天彩石　演绎一段红楼梦事
蒙尘　雨水洗涤
带雨　清风拂去
坚硬如石　柔软如石
抱着大地
寸步不离

2021 年 12 月 26 日

# 汉语之美

远古的神灵冲入人间
变成土　化作泥　飘成雨
肺腑中呼吸

东方的甲骨刻上纹理
泥土中覆盖
挖掘中重生
擦不掉的土坷垃
生出
大汉民族的心经
抄写　复制
欣赏　传承

汉语的传说
在凡尘中流传
汉语的精灵
在世界传播

汉语的故事
你来编写

2019 年 2 月 6 日

## 汉语是一个童话

我把汉语
都编成一个个美丽的童话
黑眼睛的王子
蓝睫毛的公主
顺着巴别塔攀爬
所有的字母
酣睡在高加索山巅
不列颠岛
是它们守望的家园
穿越海峡大洋的语言和言语
从来不用翻译
方块的汉字
望得见彩虹
望得见天边
解得开所有的密码

## 桂冠诗人

——穆旦百年诞辰记（组诗三首）①

### 清明，我们走过一场雨

这个清明
细雨又如期而至

① 诗人的创作起点是自己，照亮的是他人，是世界！每个诗者都在陌生化语言的实践中构建自己的生命诗学，在读者的接受和再创作中获得新的生命。此组诗创作于 2018 年 4 月，系参加南开大学主办的“纪念查良铮（穆旦）诞辰百年暨诗歌翻译国际学术研讨会”所感，遂记之。

告别单身
告别惆怅
只与风雪同行
双眸
容不下人生的无常
思念的眼泪
都已飘在黑夜里
无色的
是那堤岸的柳青
穿透耳膜的
是那夏的雷霆
还有那冬的雹冰
这个清明
走过一场雨
无论惦念谁纪念谁
人间的四季
从此
再也分不清

2018 年 4 月 5 日

## 以诗的名义，感谢您

感谢您
给我生长的土壤
在雨中
不会漂作浮萍
在风中
不会随风游荡

感谢您
让我落地生根
翻转的泥浆
攮在骨髓里
谁知道

那会不会就是
明天的暖房

日子在这里燃烧
生命在这里复活
我骄傲地与昨天告别
今天——
永远是最好的过往

2018 年 4 月 5 日

## 告别了，我的诗城

告别了
我的诗城
在雪雨中相约
必定在托起太阳的黎明
轻轻挥手
告别了
我的诗人
桃花摇曳的日子
你再不会孤独
桂冠的荣耀
世界的关注
一个民族已经起来
一个民族已把你牢记
留恋地远望
西府海棠的花开了
清晰地看见
图书馆的身影近了
我不再双手空空
赶着春的脚步
把一个世纪的诗行
揣进我的行囊

2018 年 4 月 6 日

## 毕业季

毕业季
你是否还留恋青涩的初恋
明知永远不能牵手
却要固执地留一张照片

毕业季
你是否望着远方发呆
背起的行囊
不知该走向何方

毕业季
你是否最后一个离开
向所有人说过再见
独自面对自己
再也说不出告别的语言

仰望蓝天
潇洒地甩一甩头
珍藏青春的一圈圈年轮
芳华撑得住参天的树干
岁月静安

毕业季
重新寻找起点
让曾经一份婉约的情愫
奏响豪放的序曲
直接通向
彼岸

2018 年 6 月 7 日

## 在水中看清我自己

在水中看清我自己
正如望着夜空
数得清楚一颗颗繁星
花城的炫目
亮了双眼
一点点
一圈圈
也亮了水波中
温柔的涟漪
随旋律摇曳
在黑夜
也能看得到
火红的远方

2018 年 10 月 10 日

## 你是书海里的一条小鱼

你是书海里的一条小鱼
向前
翻不过的一道道龙门
背后
讲不完的一个个故事

你是书海里的一条小鱼
围着珊瑚舞蹈
在礁石缝穿行
迎着太阳的七色光
留下
纵身一跃的光环

与你相视
人竟如此渺小
浩瀚的书海里
我们都是一条条小鱼

2018 年 8 月 22 日

## 粉笔头

这一年
你是否与诗歌渐行渐远
空空的皮囊
装不下半句美丽的诗行
拾起沉重的卵石
找不到可以远掷的海滩
闭上眼睛
并不能进入酣然的梦乡
也许
梦乡并不存在
真实才是生活的原滋原味
一笔一画
中规中矩
每天让五彩包裹
最终
必定在黑黑的底色中
勾画今生
粉笔的头
从未有鼓掌启航的开始
却在执念中
完成了最绚丽的收笔
忘却
碾作一地粉尘
身轻如燕

2018 年 12 月 22 日

## 教师节

选择了讲台三尺
你就会立足一生
成为一名教师
你就会美成一首诗
即使你没有节日
那流出的箴言
让每一堂课都是
你的盛典

2018 年 9 月 10 日

## 没有诗人的时代①

没有诗人的时代，
我们看不见云白与天蓝，
眸子间常现缕缕烟霾，
让我哪里去寻，
传说中才有的仙台？

没有诗人的时代，
我们闻不到果香与瓜甜，
咀嚼中尽是份份苦涩，
让我哪里去品，
神君处才有的醇甘？

① 晚无眠，心思虑，不觉午夜时分，遂感怀静坐，执笔收思，略感周遭，以诗记之。

没有诗人的时代，
我们听不到焦尾与绿绮①，
耳畔皆入声声俗曲，
让我哪里去听，
自然界本有的天籁？

让我们变成时代的诗人，
捧着琼浆端于世人，
写出诗情赏于世人，
画出美景献于世人，
重温澄境的——
诗人的时代

2014 年 12 月 10 日晚

## 孟　苑②

孟苑的夜晚是大海的一角
灯火、清湖、翠树都拉着手
争着抢着映在海水里
从头到脚
沐浴在蓝色的童话里
从左到右
涂满蓝色的油彩

① 焦尾与绿绮：焦尾和绿绮都是中国古代的名琴。焦尾是东汉著名艺术家蔡邕亲手制作的一张琴。传说蔡邕流浪之中曾在烈火中抢救出一段尚未烧尽的梧桐木，并制成一张七弦琴，成为琴中精品，因其留有烧后焦痕，故称“焦尾”。绿绮是梁王送给文人司马相如的一张传世名琴。司马相如一曲《凤求凰》充满了有关爱情的传奇色彩和浪漫色彩。

② 系“五一”山东曲阜游记之一“孟苑篇”。我们的住处被安排在孟苑。门前的“人民”和“爱物”书写了先贤的思想精髓。仅其外表，字的美感就足以吸引着远来的小学士们。看到高大的孟子雕像，感觉到来自远古先贤的伟岸形象和深邃思想。孟子的雕像可完整地映入蓝色湖心，恰到好处，不得不佩服设计者的独具匠心。而三级台阶喻指“孟母三迁”，方中有圆喻指“天圆地方”，正所谓“不以规矩，不成方圆”。正是：“面映清湖背倚山，天方地圆敬先贤。孟母三迁学路阔，后生辈辈诵箴言。”与孩子共同分享孔孟之道，感于所居之地“孟苑”的美好，遂记之。

从远到近
听得到远古的呼唤
谁用水波把天地分开
让天变成蓝色的青空
让地托起蓝色的背景
我们行走着
去呼吸着蓝色的空气
这里的夜靠着大山
这里的夜被染成一片蓝
这里的夜有童谣流传
这里的故事带你走进亘古的时间
一起言说蓝色的夜晚
我看到了光
你也遇不到黑暗

2023 年 5 月 7 日

## 大　道①

走过万仞高墙
踩着人流树影
随屋檐有坡度地延展
走近正门槛
有人告诉你不要踩
走过文庙殿
有人告诉你要叩首
太牢之礼祭祀你
君王至尊朝拜你
多少碑石刻文记录你
石路坎坷　檐梁交错

① 系“五一”山东曲阜游记之二“孔庙篇”。是日，走过万仞高墙，人流如注。这里的建筑通过不同的檐展示了古代建筑的魅力。中国的碑记录了古代人物与事迹，是一部静止的书写功德的历史书。在这里，孩子写下了“德不孤必有邻”，也留下了“年年有鱼”的美好祝福。戴上耳机，听老师讲解中国文化中的儒家思想。与孩子共同分享孔孟之道，遂记之。

棂星门下　望穿岁月
期待遇见天宿文星
请赠一杆笔　万卷书
写尽洪荒而至的竹简

2023年5月7日

## 三　月①

三月里，我捧着满枝头的桃花献给你
三月里，我举着满树的玉兰花欢迎你

当你沐浴暖风漂洋过海
拓荒牛前，师兄师姐发出了邀约
当你背着行囊小憩
军都山是你的后背，你的靠山

这里，山下的松土踏过霜风
这里，山上的天池等你争锋

在教室里，智慧的音响
听中国的文字讲述千年的故事——
神话、诗歌、小说和戏剧
在法鼎前，镌刻的石字
读校训里的八字箴言——
厚德　明法　格物　致公

坐在柳丝下，等你来：
你来了，写下一首诗
你来了，留下一段故事
你来了，要有回忆
……

2023年3月30日

① 美丽三月，分享学生的三月主题诗文，为来华留学生所作，遂记之。

# 我们，与诗同行①

——写给2018年选修“海子诗歌鉴赏”课程的法大学子们

你们是我的阳光
你们是我的青葱
数着假期的日历
讲着过往的情怀
心里如火
重又少年

你们是我的记忆
你们是我的诗篇
不必雕琢
自然留在字里行间

这个七月流火
清凉一片

2018年7月26日

① 经过一个月的学习，暑期诗歌鉴赏课程终于结课了！其间，同学们正能量满满，或孜孜以求追本溯源，或以史论今慷慨激昂，或探秘心灵跨界纵横，或默默思考理性思辨……法大学子多才俊，句句珠玑刻华年，衷心祝愿你们：华年自有诗情，未来无限美好！

# 第十五部分　守望岁月

## 握住我手的母亲[①]

——献给母亲的歌

提笔　微思
想写一首母亲的诗
霜染两鬓
纹留颊面
浮跃在我的眼眸前
那是儿时
拉紧的长襟
握住我手的母亲

做饭　洗衣
这是母亲不翻的日历
烹炒油煎
熬煮包馅
飘飞在鼻翼端
那是归家
诱人的笙笛
握住我手的母亲

唠叨　叮嘱
这是母亲不烦的主题

① 此日为母亲节，遂感言以记。

打个电话
报声平安
存储在心海里
那是思家
动听的乡音
握住我手的母亲

祈祷　祝福
这是儿女永远的心愿
福至东海
寿逾南山
幸福镌刻在笑靥里
那是回家
最美的娘亲
握住我手的母亲

提笔　深思
我清瘦的笔
竟写不出一首
浓厚的母亲的诗

2015 年 5 月 10 日晨

## 重阳节情思①

今天　我为您而来
您挥一挥手
放我高空翱翔
只有目送的双眸
跟在我身后

今天 我为您而来

① 重阳节，参加竞聘面试，事业的理想和亲情的无奈交织，遂感之而记。

您不愿将我留下
但是　您的世界
已然留下我
追梦的足迹

2015 年 10 月 21 日

## 这一年的最后一天

最冷的日子
竟然升起来一轮太阳
阳光从窗隙间伸出五彩的手
拽起一个个奔波的灵魂
楼下的清洁阿姨
裹着只能看到眼睛的围巾
静静的
只听到啪嗒啪嗒的拖布声
在走廊里此起彼伏
站岗的青年士兵
腰杆挺直地站立着
那个圆圆的岗楼
就是一天的归属
卖早点的小商贩
躲着城管
分分毛毛计较着
冻僵的手也要数整齐
一张张油腻的钞票
街上值班的交警
没有音乐伴奏
只有手臂上下左右的旋转
小孩子很认真地说：
妈妈，看啊，旋转木马
……
这是今年的最后一天

日子就是日子
太阳底下
没有最后
更没有开始
生物
就是要在世间
周而复始

2019 年 12 月 31 日

## 不惑之年

一不小心的脚步
踏上一艘不惑的船
眺望浪拍浪逐的堤岸
不容你流连
继续用双手撑起远航的帆

似乎忘记来时的路
目光锁定要抵达的彼岸
没有期许的舞台鲜花和美酒
跳动的心房装满
祈祷的福瑞与平安

海浪江涛如许
织成过往的风景线
山盟海誓几缕
飘摇风尘烟雨间
化作童话的一个个故事黯然

回首三十年前的来途
相爱的人不一定手相牵
彼此依然赶往后半生的路
相亲相携相并肩

不惑之年
你我终是风雨共承担

2016年1月7日

## 四十岁的人

四十岁的人
不再会刻意讨好谁
奔波的人群中
不分好与坏
只是用心丈量
缘浅缘深
有缘相守
无缘相忘

四十岁的人
看惯了雨露风吹
看淡了飞雪寒霜
任自然书写人间四季
时分几度春秋
日晓百般人情
有情相聚
无情相离

四十岁的人
读懂了生命的魂
为己康健
为家尽力
盼的是妻贤子孝
守的是琴瑟相合
富贵九锡不如血脉流长
有亲相惜
无亲相问

四十岁的人
把善恶书写在脸上
彻悟了里外黑白
透解了恩仇恨爱
善即相随
恶即相背
有恩相报
无恩相德

四十岁的人
心内无怨无恨
四十岁的人
心外有牵有挂

2016 年 1 月 29 日

## 老夫老妻的情话

说与不说
家的温度都暖在心里
菜米油盐
烹成一锅鲜
足够让你从年少品到白头

想与不想
情的景致都立在眸前
悲欢离合
续成一幕剧
足够让你从黑夜看到天明

读与不读
爱的宣言都写在脸上
哀乐喜怒

编成一部书
足够让你从今生读到来世

演与不演
扮的角色都在入戏
父母兄弟
亲人朋友
谁都不能失去礼仪

走与不走
路的长度都在延伸
春夏秋冬
日暮朝夕
谁都不能把日子隔断

唱与不唱
歌的旋律都在奏响
宫商角徵羽
生旦净末丑
谁都不能偏离爱的和弦

吵与不吵都是亲人
看与不看都是牵挂
爱与不爱都是思念

2017 年 5 月 20 日

## 今天，你是我最美的风景

年少时
最美的风景在远方
千里迢迢　跋山涉水
一起到远方　到天边
追寻最美的风景

我那一揽怀的风景哟
或是险峰　或是碧草
或为人美　或为花香
唯独没有
一直陪在我身旁的你
成家后
最美的风景是未来
手牵娇儿　步随爱女
走进学堂　乐在游园
我那一揽怀的风景哟
或是娃哭　或是娃笑
或是牙牙学语　或是蹒跚学步
唯独没有
一直陪在我身旁的你
立业后
最美的风景是事业
记录升迁　关注发展
数着薄薪　醉酒欢愁
我那一揽怀的风景哟
或是年会　或是同行
或是奖状　或是勋章
唯独没有
一直陪在我身旁的你
今天
你我六旬花甲
翻山越岭已是过时的旧题
子女孙儿原是多余的牵系
让银杏叶的焦黄
衬你未减的红艳
让过往的行者
都成为你的赞客
我那一揽怀的风景哟
全是你的姹紫嫣红

今天
你是我最美的风景

2015 年 11 月 30 日

## 采撷最后一抹蓝，告别我的 2015 年

2015 年
你我都在守望一顶蓝天
心随轻风激荡
忧伤伴霾起霾沉
竞相畅想
鸢入云朵的孤单

2015 年
你我都在企盼一份团圆
情逐鹰飞鸽翔
喜乐载白帆远洋
彼岸托起
穿透洲宇的吉祥

2015 年
你我都在品读一杯醇甘
笑露眉梢两靥
脚步与铁轨同乘
骄傲书写
醒目的新一站

2015 年
你我都在期待儿女双全
膝下常欢子孙
俯仰皆有天伦纲常
闭上眼睛
仍能听见后世的声喧

2015 年
你我都拥有一片蓝天
手握牛马绳缰
自由驰骋在大草原
就在旧历的最后一天
我要执着地采撷
最后一抹蓝
告别我的 2015 年

2015 年 12 月 31 日

## 玉兰花开①

生命，在一季季落花飘雨中重生。

——题记

法大的玉兰树，
寂然聆听春的脚步。
经遇秋的风雨，
踏随冬的雪足，
昂然捧起暖阳的幸福，
她，如约而至，
信守着与春的约会，
不见不散！

法大的玉兰树，
悄然瞻仰法的典部。
惊诧古的慧智，
徘徊今的坎途，
痴然拾起尘封的案牍，
她，守候书斋，

① 雨中观玉兰，别样风景。同人皆言，此为赋诗佳时，创作良机。与其啖食菜蔬闲适，不如持墨吟诵胸臆，故临窗小记，献于法大同志者，与亲朋挚友共品读。

捻合泛香的书页，
乐此不疲！

法大的玉兰树，
欣然汲取生的琼浆。
闪烁诗的晶露，
寻望画的美图，
毅然闯入缪斯的殿户，
她，绘彩抹涂，
披挂着油彩的碧绿，
焕然一新！

法大的玉兰树，
逍遥在春风里。
落英化作数条俏枝，
回忆穿成一点点嫩蕊，
她，抽芯吐绿，
静待绽红的翘楚①，
玉兰花开！

2015 年 3 月 31 日

## 法大咏怀

走进军都山，
我便成了一枝花，
一枝可以与春天共舞的玉兰花。
迎接春色，
告别斜阳，
装满一天又一天的光鲜。

漫步小月河，

① 翘楚：原指高出杂树丛的荆树，后来用来比喻杰出的人才或事物。

我便成了一滴水，
一滴可以同夏荷齐饮的京渠水。
流向东方，
奔往西天，
唱响一路又一路的欢歌。

徜徉法渊阁，
我便成了一页书，
一页可以伴炎黄共读的千年书。
追忆前世，
诉说今朝，
成就一段又一段的小诗。

游走法大的每一处景致，
每一处景致都化成一缕又一缕的墨痕。
于是，
缕缕墨香是我，
我是缕缕墨香。

2015 年 4 月 1 日

## 路　过

生命中，过往的人，路过的情，镌刻的恨，都会随时空流转，自然化烟，凡尘一粒，任由婆娑。

——题记

路过你生命的人
总会涂留岁月的痕
白山黑土游刃
凭须枝虬干
深深地扎下
握土的根
路过你生命的情

总会带走漂流的瓶
平湖浪涛歇停
任波浮波起
淡淡地眺望
浪漫的行
路过你生命的根
总会随着烈火而焚
星火残垣化泪
空凡尘宿怨
默默地叩问
心海的门

## 你是否同我一样

朝吟旭日，暮挽夕晖，
让我们携手走过墨彩飘逸的天涯……

你是否同我一样
总是天不亮
就爬起
一路奔狂
争着第一个扑向
属于自己的岗

你是否同我一样
总是负重前行
舍不下行囊
抛不掉功名
累得气喘吁吁
还在路上
奔忙

你是否同我一样

总是日复一日
重复着过往
在付出中
默默地翘首
却无处去安放
自己孤独的心床

如果是这样
那么
请携诗歌同行
让滴滴墨香
飘满拮据的斋房

仰望
苍茫苍黄的穹宇
尽观艳阳
眺望
无际无涯的大地

2015 年 12 月 20 日

## 姐　妹①

今生
你是我的姐妹
共乘帆舟　把舵远方

手牵手
我们一路同行
背搭背
我们一世依偎

① 感于姐妹情深，一路同行，遂记之。

脚踏风浪
我们从不气馁
绽开两岸浪花
随航路舞飞
耳闻迅雷
我们齐心一队
合力敲响生命乐章
演奏我们的妩媚

扬起画笔
沐浴在春光里
描摹深浅的红瘦绿肥
暴晒我们的娇美

今生
你是我的姐妹
岁月烟云
揣几许寒冬
甘为彼此增温

2015 年 8 月 30 日晚

## 霾

上天总会有些小情绪，不开心时绷起脸，变成霾，形成雨，化作风。凡界的人亦然。人也总会有些小情绪，或转化成生理上的流泪，只要不把泪流干，或升华为精神上的阅读，在彼岸世界畅游。只不过，在雨过天晴之后，人该干什么，还去干什么，就好像什么也没有发生，这就是人生。

——自言自语

这个春天
阴霾笼罩着蓝天
看不到太阳
只能用想象

耕耘着心中的方田

这个春天
呼吸有些艰难
抓挠呜咽的哽嗓
只能用一寸手掌
开启床头的净化器

这个春天
春风格外受到青睐
不要耀眼的阳光
只需风婆来造访
自然吹开久居的妖霾

这个春天
终有爱的挂牵
口罩内外光景
仍是有情人双拥的臂肩
有霾
也要爱

2016 年 3 月 17 日

## 春　节

中国的春节是一个时间点
握住六九的头端
迎来了春天的温暖
送走了冬季的寒

中国的春节是一个空间站
十四亿儿女都在此中转
奔向不同的方向
守的却是相同的家园

中国的春节是一个狂欢节
五十六个民族载歌载舞
和着多彩的旋
拥抱同一个梦想
迈进新的一年

2016 年 2 月 1 日

## 棋

战斗随指尖轻舞
兵甲无存却高筑擂台
战场可听风赏月
不现硝烟却自分黑白

你轻轻的一注
已将千军的阵势铺排
你凝视的一刻
是否万里江山满怀

佳人空滴的泪眼
遥望楚河汉界的边塞
跨越千古的交锋
绵延朝旭暮归的等待

饕餮饮宴摆开
我不知你的醉意
却甘愿落入
你布下的伏埋

2015 年 12 月 27 日夏至诗社首期同题会诗稿

## 悲　雾

几许流年
独喜雾里看花
遮一双柔情望眼
迷醉几朝过往晨曦

几曲京调
独听雾锁迷江
赞一声卧龙慧智
挥起几杆三国旌旗

几段心弦
独吟雾失桃源
悲一路津渡沉霾
空拾几片碎絮飞寄

2015 年 12 月 1 日

## 悟

吹一缕文艺风
只为亮了花的季节
裹一袖玉兰香
只想醉了彼此
未眠的青春

我无法想象
你老去的模样
但是
我却清楚地记下了
你
年少的风华

你看到的是
冷峻的眼
我读到的是
决然的心①

2015 年 9 月 29 日

## 后半生

前半生
你我踏上生命的列车
奔驰一世的奢望
收获一路的风景
做过的事
都写满成长
赏阅的人都化作记忆
后半生
你我静候窗外
不愿再错过风景
不愿再留下遗憾
再小的驿站
也要驻足
不同的过往
都是精彩

2017 年 7 月 31 日

## 余生不长

当我们想到余生时
时间大概走过了青春
当我们想到保养今生时

---

① 此诗为读叔本华“要么孤独，要么庸俗”句所感。

岁月已经刻下了圈圈的年轮
就在轻轻的回眸里
就在声声的叹息中
就在字字的书写时
我们的人生留下回忆
我们的余生随之消弭
既然余生不长
就睡好每一天的觉
写好每一篇文章
讲好每一堂课
让每个学生
在聆听和对话中充值
让每个朋友
在倾诉和交流中扶持
让每个亲人
在关爱和挂念中相依
既然余生不长兮
就让简单的诗句来拉长
与文字相栖息

2018 年 11 月 30 日

## 等待一场雨

绿了
艳了
卷了一袭春潮
困了
倦了
知了淹没了笙箫
等待一场雨
唤醒醉眠
等待一场雨
洗尽纤尘

等待一场雨
心儿垂条

2017 年 7 月 4 日

## 我的生命我的歌[①]

数着皱纹的累积
刻画一道道
沟沟壑壑的岁月
看着五味的陈杂
铺开一丝丝
酸酸甜甜的生活
生命无语
岁月留痕
谁能够预测
天边何时飞来云霞
却可升起那
我许久许久都不曾搁置的
心灵的温度
直等她
燃烧出一首
生命的歌

2015 年 5 月 26 日中午

## 儿童节

两个数字
敲醒初夏的慵懒
六月的第一天
再次装满

① 感叹岁月流逝，期盼理想有成，希望每个人都有一首属于自己，并适合自己的生命之歌，遂记之。

不知何时就已经
遗失的花心
凤仙美了
牡丹笑了
藤架爬满生命的葱郁
那一株木槿
朝开暮落
这一处的经年
随日月老去
你可还是
没有儿童节的儿童

2018 年 6 月 1 日

## 拿什么追忆我逝去的青春

走过一个个年头
渐行渐远地告别一段青春
曾信誓旦旦相约牵手
要把世界彻底地周游
悄悄地拔掉一根根的白发哟
却无法拉开一条条
密密的眼角纹
谁还会记那二八懵懂的情窦
谁还梦得到初恋校园的牵手
回忆
不能够把日子回流
等待
更不是梦想者的追求
聚焦的镜头
尽是眼前的风景相投
青春是底片的背景
一切背景
就是模糊的绿树黄秋

清楚而清晰的
只是到老的白头
什么时候
走进徐娘半老的梳妆
把脂粉涂抹脸颊
重装体验一遭过往的娇柔
闪烁的时光
把一身黑土的筋骨
生成江南泛舟的望眸
被岁月减去的容颜
掠过一缕缕情愁
被生活燃烧的温度
调出一处处色彩
绿肥红瘦
天长地久
告别
一个个年头

2019 年 2 月 11 日

## 我的孩子们①

我的孩子们，
常常腾云驾雾闯入我的心房，
讲不完的故事，
聊不够的趣闻，
满屋尽情荡漾你们的欢声！

我的孩子们，
不忘斜风细雨钻入我的被窝，

① 闲暇时间，搜得一张寒假孩子们的合影，男儿女儿，侄儿甥儿，童男玉女，自在可人，遂感念天地大爱，谁可否认，是孩子让这个世界亮丽，是父母让孩子们茁壮成长，这个世界就是孩子的世界！

戏不够的龙床，
跳不歇的马驹，
蜗居如何承载你们的快畅！

我的孩子们，
踩着东筝西鼓和着我的节拍，
弹不断的弦琴，
奏不停的古曲，
闲隅也是澎湃你们的乐海！

我的孩子们，
父母描绘一生的风景，
望不尽的背影，
留不住的成长，
一年四季都是你们的花期！
翘首以盼
那是
我永远的造型！

2015 年 4 月 10 日中午

## 岁月如歌

轻拨一根琴弦
弹奏岁月的一曲歌
重温昨日一段梦
何处诉坎坷

遇到波涛险滩
那是岁月的河
翻几朵浪花飞溅
谱成岁月的歌

浊浪的打击

学会理性地淡忘
亲情的安慰
学会微笑来感恩

夏日的艳荷
绽开娇媚的笑脸
生活的篇章
才刚刚翻开第一页

追逐梦想的快乐
固执地书写生命的奇特
扬起未老的童心
奏起岁月的歌

2016 年 7 月 3 日

## 熟悉的人走了

没有眼泪
没有哭声
物质的世界遇上火
化作一缕轻烟
熟悉的人
静静地追上了太阳
那是天堂明亮的眼睛

## 地　图

曾带着地图想穿越时空
去想去的所有地方
那一张纸是蓝色的旋涡
碰撞着游离出四散的港湾
孩子用笔追逐经纬线的终点
收笔的时候

惊讶地告诉我——
一切回到了原点

2023 年 1 月 12 日

## 湖 心

水波上荡漾着夏菏的擎盖
河岸间架起秋天的拱桥
在落霞里拥抱泪滴
在晨光中泛起涟漪
随风雨做一个锦鲤的舞台
牵手那伴舞的野鸭和鸳鸯
雨后送来一束光
让心晒晒太阳
让小舟装下谷仓

2023 年 8 月 12 日

## 长安三万里

走进长安
一个人走在鼓楼街巷
随诗仙剑舞　随草圣狂野
仿佛一身鹤发童颜
做一回少年游侠
骑马射箭　仗义执言
坐下
让画师素描出一副自己的颜面
青春的眉眼
未老的容颜
我知道那是年轻的我
孩子说不像
自己感觉似曾相识
笔墨落在楼阁诗板楹联

那是千年前的诗行
长安，写满一城的诗
长安，走过千年的诗人

## 画妈妈

妈妈站在眼前
孩子用亮亮的眼睛端详——
看了一遍又一遍
短头发　圆眼睛
自己的妈妈
没有金银做的耳环
也没有涂各种颜色的口红

她拿起了水彩笔
给妈妈补了一个珍珠项链
补了一头的红色短发

明天起
妈妈是不是应该开始照镜子
和天空一样披挂彩虹
和大地一样生长万物
让娃娃画出——
最鲜艳的妈妈

2021 年 7 月 17 日

# 第十六部分 时代赞歌

## 英 雄①

我游历 华夏五千年的文明史
在字里行间搜索着英雄的足迹
从三皇五帝走到封建帝制
从大清王朝走到中华民国
从旧社会走到新中国
一个个英雄的故事
一曲曲英雄的悲歌
流淌出一首立志图强的中国史诗
我们的历史
从不缺失英雄
于是 我相信
英雄就在炎黄子孙的骄傲里
英雄就在永不尘封的教科书里
英雄就在过往的历史里
然而
当惊天的炸雷从塘沽响起
当飞天的魔焰从大地腾起
当逆行的身影同火蛇同行
我惊醒
英雄与你我没有距离
英雄就在我们身边
年轻的消防队员们

① 悲于天津塘沽爆炸事件中英勇牺牲的消防队员们，敬而记之。

一群烈火中的金刚
一群蹈火的蛟龙
一群用重墨无法书写的时代英雄
他们　这个时代的勇士
他们　人们心中的丰碑
他们　祖国最骄傲的儿子
走出历史
迈开时代的脚步
英雄的儿女
就在我们身旁
这个秋季
有一丝忧郁
这个夜晚
更是无人入眠
起立
捧一束白菊
向英雄致敬
你们将在烈火中永生

2015 年 8 月 14 日

## 四月天

四月的风
为你们吹开花
四月的雨
为你们落成泪
烈火中的春天
刻成永恒的雕塑
90 后的青春
铸就新时代的丰碑

2019 年 4 月 6 日

## 民族魂

——《鲁迅故居》感记

顶着烈日
走进曾经的四合院
两颗枣树仍在
一居书屋仍在
一句句
流出血管的话
静默地匍匐在壁骨雕梁

一个沉睡的国家
需要一声声呐喊
唤醒自己
警醒世人

于是
我们不再是无声的中国
于是
我们不再是无知的国民

顶着烈日
哪怕灼伤筋背
没有彷徨
不再彷徨
野草也会歌唱
热血依旧沸腾

2018 年 8 月 3 日

## 中国诗骨

没有骨头的雄狮
曾　躺在荒野

曾　靠着苍山
曾　昏睡百年
活得只是喘息
看得见的
只有随风飘散的毛皮
眼中流露的是迷离
直到猎人
捕获　捶打　烹煮
在流血的喉管中
喷出龙的热血
把甲骨的文字
织成血肉
把断续的诗句
穿成傲骨
随着祖先的鞭策
缓缓屹立
踩着中国韵脚
唱和世界
走向远方
把诗骨架起
把脊梁挺起
有骨的诗
书写
有骨气的传奇

2019 年 4 月 2 日

## 经典永流传

诗意不远
浪漫就在身边
倾心情人节
驻足月上柳梢头
相约爱人

静候黄昏后
艳羡唯美的浪漫
不妨执子之手
共度今生
相盼与子偕老
亘古誓言
海枯石烂
中国人最懂浪漫
文字里流淌出诗意
华夏不缺歌谣
感天动地
多少痴情男女
逍遥一游
自然物我两忘
经典可读
经典可唱
东方的神韵滋润心田
一曲庄周梦蝶
半世汉家情肠
浪漫不分东西
诗情自在你我
异域清音
只让经典
永远地流传

2019 年 2 月 23 日

## 这就是中国

千万年前的一阵巨吼
惊醒沉睡万千年的大地冰封
行走蛮荒的蛟龙　俯仰宇宙
飞腾在海陆云霄
谁说上天缔造了中国

中国
这是中国人自己的杰作

2017 年 10 月 21 日

## 人间有情天①

飞翔天宇的英姿为何却落入到
人类骄傲的窠臼
驰骋沃野的潇洒怎会失落在
人类的盘中
游弋阔海的自由无意间消逝在
人类自己织就的罗网
千年的文明
本应造就属于世界的辉煌
谁料人类与动物的共存
竟成多少个世纪的仰天期盼
我们希望鸟儿鸣叫响彻天际
我们希望鱼儿游弋游戏水中
我们希望兽儿无惧奔走林里
我们希望枪口不再是终结生命的归宿
我们希望胃肠不再是病菌残留的寄所
我们希望祥和的未来在将人类守候

2003 年 5 月 24 日

① 时值“非典”肆虐，根源又在人类对野生动物的无知猎取和食用，遂有感于中国食文化的广博与绵长——中国是美食文化的国度。人类是无所不能的万物灵长，天上飞的，地下跑的，水里游的，无不入口，往往吃得昏天暗地，以致疾病横行，殃及族类。如果人类尚且处于蛮荒年代，那么茹毛饮血也就不足为怪。可是，在科学文明如此发达的今天，若再大言不惭地高谈阔论吃生饮血的远古文明，就似乎不合时宜了。人类在暴食野生动物的同时也轻而易举地破坏了自身的生存法则，聪明反被聪明误，食之过度，反为之所累。殊不知，大自然的尊严是不容小觑的。野生动物已然开始了对人类的报复行为。蝗灾、鼠疫暂不论及，仅仅是“非典”妖风就已经让人类尝尽了苦头。为何稀有珍禽会成为人类的盘中餐？究其原因，无非是卖家商业需求、利欲熏心，而买家也尝鲜好奇，争先效尤，乐此不疲，以行大补，加之法律保护的不完善，必致人类自食其果。人类与动物的良性共处，有助于互补共生，营造和谐。相反，破坏之，其间利弊自现，为此作诗以牢记之、警示之。

## 三月桃花雨

——写给“一带一路”来华留学生之埃及

三月桃花雨，淋湿几分芳草地；
一朝丝路情，笑开千朵玉兰花。

曾走过
沙漠　河畔　海洋
尽情来拥抱千古的遗风

曾幻想
神庙　金塔　碑刻
穿越时空
诉说亘古的神话

汉语　阿拉伯语　英语　俄语
交汇处是雨中的红伞
不为遮雨
只为撑起一片晴空
和那独有的风情

三月的桃花是一封信
呈上一路相约的邀请函
三月的细雨又飘飘
朦胧了
解不开的斯芬克斯之谜

2019 年 3 月 15 日

## 汉语体验营（其一）

2019 年的夏天很热
法渊阁拾阶而上

红字白底
我们站在第一排
共同撑起了那一面营旗
举着时光机
记录格物楼里的茶道飘香
置换着脸谱颜色
在国际交流中心的高台上
拍下中国的太极功夫
那是过往的日常
是今天的笔尖故事
再写一遍
总有滋味

2019 年 7 月

## 汉语体验营（其二）

这个日子来了
红牡丹与白蔷薇的聚会
你美得像一个新娘
红旗袍穿了一个夏季
喜庆得耀眼
盼再穿一回
戴上项链
永远的中国红

2019 年 7 月

## 汉语体验营（其三）

2023 年
有一个飘雨的夏日
朵朵莲花下走着的小姑娘
围坐在了法苑楼里
金发的记忆

还是四年前的样子
雕版印刷刻下了李白的《静夜思》
汉服衣裳美丽了一个夏季
趣味汉语读出了声韵高低
那一句一字平仄相依
写下你的中文名字
我们彼此铭记
在下一个夏日
重新提起

## 他乡有年

十三陵水库
高山盘旋成弯弯曲曲的路
那是临风可以高呼的山岩
那是卧地可以升起篝火的地坛
红叶不再飘飞　雪花即将来临
围巾拉起遮风的彩带
烤肉的味道
钻进他乡的故土
那里度过一个新年
围着学生架起的炉火
明天再去一次水边
旧地重温新颜

2018 年

## 云端毕业了①

毕业了，没有典礼……
线上，云上，捕捉可见的个个身影。

① 2021 年 7 月，中国政法大学国际教育学院送走汉语言专业本科第一届毕业生。遂作此诗，写给云端毕业的七名汉语言专业毕业的留学生。

声音有些熟悉，
而脸庞，却躲在口罩里。
大海，书房，教室，
还有黑板、白板和绿板，都是虚拟的背景。
云端，站不住真实的身影，
语音寻找与追忆你们的身形。
云端毕业了！
我和你们，在他乡，在校园，
为本该来华的留学生，摆起
最可爱的七个“牛博士”
……

2021 年 7 月 30 日

## 雁栖湖

雁栖湖的水比天还蓝
冬季的枯枝是最浅的背景
离开的时候
眼前只有圆圆的建筑和远远的白云
两个小挎包　十个高低不齐的人影
黄皮肤和蓝眼睛
黑发丝和黄卷头
沉浸一份握手和拥抱的美好
踮起脚　跳起来
在人间
看得见的地方——
只有蓝天

2021 年 1 月 6 日

## 石花洞①

吸着黄土的乳汁
枕着缓缓的河床
多少石头啊
在千年黑夜里长出五彩的花

石花
开成利剑　劈开山崖
凿出万丈的通衢
石花
化作栋梁　变成天柱
撑起山谷的腰身和脊背
石花
滴出琼汁吧
流出一条生命的河

让倒悬着的火炬向下而生
照亮洞口
在银花火树前感受
冰雪的温度②

2024 年 2 月 16 日

---

① 与家人共游北京市房山区的石花洞景区，遂记之。石花洞，又称十佛洞（石佛洞），中国最佳溶洞奇观之一，房山世界地质公园溶洞观光区，位于北京市房山区南车营村。石花洞与桂林芦笛岩、福建玉华洞、杭州瑶琳洞并称我国四大岩溶洞穴。

② 此处的“火炬倒悬”“火树银花”都是石花洞里的石花美誉。

## 白鸽子①

白色衣裳
灰色马甲
一地攒动来踱步的将军
一只只小手伸出来
在手心将米谷做成粮仓
让手长出翅膀
和云朵一起飞
哨子一响
结伴飞往入空的雕廊
站着　望着
看着孩子们最期待的眼神
和那手心里的谷粮

2023 年 9 月 29 日

① 在北京朝阳公园和孩子们一起喂白鸽子，感悟和平的白色、和谐的自然以及一份童真的快乐，遂记之。

# 附录一　大学生写的那些诗

前言：从2018年至2023年的五年里，自己曾经开设“唐诗宋词鉴赏”“海子诗歌鉴赏”“中国文学赏析”等文学类选修课程。其中，选课学生有400余人，国际学生有79人。他们的诗歌作品或抒发志向，或感怀生活，从不同角度书写人生故事，描摹生命体验。在此仅节选中国政法大学部分学生的诗歌作品，与大家共同分享那些年的青春花絮。

## 大学生写的那些诗

### 白禧瑜的诗①

**黎明以前**

带我走吧！
被分秒掠去的夕阳啊
请赐我一抹余晖
当暮色漫上我的窗时
倒影里的自我便可夺框而逃
自由
还给我
燃烧的晚霞早已化进了我的双眼
在褪去颜色的黑夜里
我是风
是夜归的路人不成调的高歌
不曾忘记

① 白禧瑜，女，香港人，中国政法大学光明新闻传播学院2020级本科生，2021年暑期曾选修“海子诗歌鉴赏”课程。

每一个沉默的路灯
都曾如我肆意地呼喊
而当下一缕光亮划破天际
你要知道
那将是我们未来的模样！

## 钟楚尚的诗①

### 无　题

萋萋芳草绕，楚楚绿木围。
空山云寂处，细雨风微时。
虚室茶正温，陋居友将至。
烛曳忽闻钟，友来星尚稀。

诗意：

傍晚，山中。山色空蒙。天边浮着几朵云，此刻无甚风来，而寂寂地停在那里。细雨纷纷而无声。雨中，空气微微润湿，裹挟着泥土与青草的芬芳，散发于周身。芳草茂密绕生着，绿木四周环围着。忽见一屋，飞檐翘角，杉木门户，屋顶铺着粗瓦，几级石阶蜿蜒而上。居室简陋而清雅闲静，主人正在温茶，友人将要应约。不多时，客至，畅聊达旦。友来时，夜幕初降，星辰尚稀，邀君入坐，秉烛夜谈。忽而风起，烛光摇曳，方才回神，远方，传来了钟声。

开篇两联着笔于居室环境的描绘。一言以蔽之，可谓为“和”。树木芳草环绕，空山，细雨，停在天边的云，微风吹拂，一切恰到好处，自然而和谐。颈联引入室主人待客之事件，亦转入对室之“虚室”“陋居”整体形容。一言以蔽之，可谓为“雅”。因友将至，主人端坐虚室，烹茶以待客来。尾联写与友会面后相谈之趣。一言以蔽之，可谓为“欢”。剪烛西窗，畅谈达旦，盖平生之乐事乎！

通篇“和”而“雅”而“欢”，层层递进，相辅相成。是因得有环境之“和”，方依势有主人之“雅”，进而又有会友之“欢”。而环境因室主人而选，故而“和”又出自主人“雅”之心境，“欢”亦出于主人“雅”之思想，“雅”之交友的引导，亦或许有“和”之环境带来气氛的提供。“和”“雅”“欢”又

① 钟楚尚，女，中国政法大学民商经济法学院2020级本科生。2021年暑期选修“唐诗宋词鉴赏”课程。此诗以名字嵌入诗句中，是其结课作品。

共同组成了一幅和谐统一的图景与氛围。

本诗以虚室一词概括形容主人之屋，其既指虚空闲静的居室，又暗指室主人空明的心境。（庄子有典故云“虚室生白”，意为空明的心境能生出光明。）陋居，既对仗上句的虚室体现出屋舍非繁而简，又有引刘禹锡《陋室铭》之意，借陋室以自勉。

通过忽而风起而蜡烛光影之摇曳吸引人之注意而回神，突出室主人与友人谈话之投入与沉浸。又以客来时星辰尚稀与回神忽闻晨钟之时间变化，极言交流之畅，相谈之欢。将姓名三字嵌入古诗，别有一番韵味。

概览全篇，勾画作者“和”“雅”“欢”之理想生活图景，表达了作者对清幽隐逸之环境的喜爱与向往，而作者乐于偶尔唤友来，与之饮茶共谈之清雅生活，祈求空明心境，甘于虚室陋居而不求富丽堂皇的居所，表达了作者认为精神追求高于物质追求的思想。

## 王宇琛的诗①

### 夜间行车

我们盘旋向上，竹林，蚁虫，
坚硬而黝黑的行道，
蒸腾向上的失意或失态则盘旋向下，
盘旋于灯盏，于盘旋的飞蛾

（我向上望去，被抬高的均匀的光火。那是夜里的行军，是逾越，是入侵；是刻度，是延长的跋涉，是匀称的梦，又或是自己的影子，是光，是扑闪的蛾群。）

司乘指示我两侧的风景：
竹木横向插入黑夜和更远的黑夜，
更远处是林鸟鸣啸，
我们继续向下。

① 王宇琛，男，2001 年生于贵州铜仁，中国政法大学刑事司法学院 2019 级本科生。中国政法大学 345 诗社社员。该组诗作发表于《诗林》2021 年第 6 期。

城市近在眼前，双眼闭合，
我们听见的鸣笛从另一处猝然响起，
山体公路上的灯柱睁开眼睛，凝望我，
我们继续向下。

## 窄门

每个人都将会去挤过小小的窄门，
有的人选择拥抱，对未来回绝，
有的人坐在小舟里，
漂浮在云一样的泡沫里。

长长的跋涉，途经几座古老的城市，
运河汇流，有吉普赛人的织毯，
经手，自人的手，至时间的手。
我在船头挂一盏朦胧的提灯，
给星星留足座席，
“请回吧，我的先生，
这艘船不途经远方”。

想到桥孔，河水便会倒流。
星星不只是落在我的木船上，
我的桨上，我不够虔诚的祷告上，
还会落在河水里，流过，
星星消失了，像历史我路过了。

尖锐的夜里，我听见远方的声音。
古城在轰然倒塌。
尖塔和古雅的雕塑，倒塌了，
传到我这里。

守门人点点头，
告诉我，这里就是旅途的终点。

## 雪

饭桌上我们一言不发。
清水煮南瓜，煮茼蒿，煮白菜。
母亲说适合健康。
我聊起 2008 年的雪灾。

大人们忽然大声起来，天旋地转。
那时我还在读小学，奶奶陪着我，
那年的事情我早就没了印象，
而大人们各有各的说法。

一个故事从猪棚和逃跑的鹅说起，
一些人追在后面，
一些人坐在屋内，沉默地看着，
视线和雪一样缓缓落下，盖住土堆和竹林。

另一个跟随火车前进，深绿色动车，
像一段纪录片：编织袋、泡面和站立的人。
外面是田野，雪层慢慢加厚，盖住稻秧，
瑞雪兆丰年。

我面前，
大人的唾沫和回忆也一片片飞出来，盖住。
菜已经吃完了。我母亲下楼去看门面。
他们则习惯在饭后休息一会儿。

## 复　苏

醒来，朝气蓬勃的一天。
季风走过三千公里来到干旱的北方，
我的身体浸泡在戈壁滩，温暖了岩石和沙砾，

岩羊和黑蝎子，暗色的白昼和沙暴。

我在干旱中浸泡了一整个夜晚。
直到季风忽然将我苏醒。

这样，不如是一直睡着的。
大地摩挲着我的骨骼和关节，
打磨了我尖利的眼睛。
生命回到大地，
一切又回到神秘的寂静。

人世间这些事情并无两样。
吵闹的旷野的风，城市的无止的光影，
填塞了像浸泡了药液的止血用的脱脂棉球，
填塞了人们的创口。
人们相识，相拥，约定来年再次相见，
来年还有来年的使命。

我的身体站在戈壁的高处，
古代的冰河曾经流经于此，甚至海洋。
如今季风又一次唤醒北方的寂静，
人们于是苏醒，好像他们从未睡去。

## 宇宙短章

太阳会在某个微小的时刻坍缩，
黑色的粒子，坚硬，恶毒，

冰冷会传染每一株也曾生长的庄稼，
我看见饥荒，看见争抢和更加苍白的怒斥。

句子会穿过山脉抵达身体，
在多孔的骨骼上撞裂，隐形的火星迸发。

于是会有燃烧，
人类的火焰不停向上攀登，

触及星星的肩膀，
而它背后被遮盖的海洋，
一定有尸骨的堡垒。

此后的世界还会有什么？

诗评：

诗歌，贵在描述自然万物的本真存在，或是人情，或是物态。读宇琛的诗，在逆境意象的选取中让你窥视到人的主体态度，即一种执着的坚守。一份“夜间行车”的人生，有上望的“光火”，下落的“盘旋”和两侧的“风景”，“继续向下”则是每个人最亲近的人间灯火。哪怕是一个“历史的过客”，也会“给星星留足座席”，心中有梦的人，在消失的星星世界仍会追逐远方，在夜中行船并且走到旅途的终点。这是追梦人的诗话境界，一种来自“夜间”与“窄门”的隐喻式阐释。这类意象最易抓住读者的好奇心，在叙事的铺陈中找到每一个可能的本然存在。其间，诗句多视角的对比式描摹，既让文字在对比中找到和谐统一，也让读者找到内心的平衡。“我”和母亲的对话内容差异体现出了时代的物质差异和精神差异，一个留住回忆，另一个追着记忆，随着“火车”与“动车”前行的城市文明与承载“水车”与“风车”的乡村世界，始终保持着距离，一个城里与城外的故事，不断地被重复和自然而然地诉说着。即使是充满热度的“太阳”意象，也会在“冰冷”的维度做理性的考量，让“饥荒”“争抢”“怒斥”以“尸骨的堡垒”成为太阳“坍缩”的“某个微小的时刻”。正是这种常人常有却不经意的意象，经作者笔下的延展深化，呈现出青年诗者的诗心，人与自然在本真的诗句中流淌，真实而可感，自然而亲切。

——坤茹（诗人）

## 来华留学生的诗文

前言：近六年里，在“唐诗宋词鉴赏”“海子诗歌鉴赏”“高级汉语阅读与写作”课上，来华留学生积极参与写作诗歌的创作活动当中，尝试着写出了自己的作品。同时，2023 年春季，针对中国政法大学外国留学生的“中国文学赏析”课程已经走过了温暖的三月。其间，来自日本、韩国、泰国、缅甸等国家的留学生都为自己创作了一首春天的小诗。虽然中文语句还不娴熟，但是已经能够融合所思，付诸文字，言表诗意，充满诗情，感受中文之美。



## 梁承利的诗①

### 最近青春

在我漆黑、黑暗的路上
就连希望也动摇的日子
像宝石一样，像充满了夜空的星星一样
闪亮的那天会来的啊
无依无靠的这夜晚
哦，自己安慰啊，孤独流泪的夜晚
除了我看起来幸福大家都看起来幸福
哦，好日子会来吗？
爱情也太难了，吃住也太难了，最近青春太累了
像宝石一样，
像充满了夜空的星星一样
闪亮的那天会来的啊
每个人心中都有这样的伤痛
这些包袱
抱着并支撑着生活
你也是我也是
今天辛苦了
大家都辛苦了
坏日子也会过去
不管怎么样，
活着的话会有开心的一天
反正就这样相信着，生活着……

① 梁承利，韩国人，中国政法大学国际教育学院 2018 级汉语言专业本科毕业生。此诗系选修“海子诗歌鉴赏”课程的作业。

# 动力的诗（两首）①

## 三星堆

令人着迷的三星堆，
我第一次走近了你，
第一次知道你，
那是在 YouTube 上的一个关于中国考古的纪录片里。
第一次看到你，
那是屏幕中泛着青绿色的面具和雕塑，
那时起，
我就默默将三星堆遗址，
放在我的中国梦里。
2019 年，一个特殊的日子，
我来到了中国，来到了重庆，
开启美好的学习汉语的日子。
在川渝地区，牛油火锅打开了我的味蕾，
在成都大地，我和大熊猫一同栖息，
与你近在咫尺，
我迫不及待地想要亲眼去看一看你。
感谢中国高铁四通八达，
感谢从成都到广汉的短暂旅行，
感谢三星堆遗址博物馆讲述你的故事。
我沉浸在青铜环绕的世界里，目不转睛地看着你们：
有的梳着小辫子，有的眉毛竖立着，有的仿佛看着我……
我看着你们的面孔，聆听远古而来的神话故事——
不，不，其实并不是，那不是一副面孔，
我的眼中看到了纯金打造的金杖，熠熠生辉，
我的眼中想到了古蜀人的粮仓，富裕充盈。
那最爱的青铜神树啊，

① 动力，土耳其人，中国政法大学 2020 级汉语言专业本科生。自创立志说唱词（Rap）：“我叫动力，一直会努力。从来没有放弃，如你没有力气，让我给你勇气！”

在将近四米高的树枝上，
落着小鸟，挂着果实，
这是中国朋友口中的摇钱树，
这是我心中的中国树！
我默默许个愿，
希望中国人民和土耳其人民都能过上——
最富裕快乐的生活。

### 静夜思

读着你，
一个人抬着头望了望窗外的明月，
不由得低下头，思念起远方的家乡。
喜欢那一轮皎洁的月亮，
无论你身在何方，都可以看到。
与亲人短暂的分离，
在看到窗外的月亮的时候，
在读起这首诗的时候，
想起远在土耳其的爸爸妈妈，
我们看着同一个月亮，
理解李白，
也理解自己。

## 田祉镐的诗①

### 三　月

春天抬头
伸出艾草
我不再怕冷
冬天转身
突然转身

① 田祉镐，韩国人，中国政法大学国经 2000 级留学生。

不留下一丝留恋
只剩下骨头的树木
我在等待春天
在眼前画着嫩绿和花的行程
用等待和激动
充满一个季节
在地下
等待春天

## 王芳的诗①

### 三　月

你好，三月
自从离开家
时间已经过去一个月
想家是一种心灵的幸福
想念家里的气氛
想念父母做的饭
想念家乡的美景
家——
在离家的日子里
永远想念它

## 黄明芳的诗②

### 三月，你好

昨天的疫情转眼即逝
挥别温馨的家乡
离开父母的身边
跨出国门来到异国他乡——中国

① 王芳，泰国人，中国政法大学国际教育学院 2021 级汉语言专业本科生。
② 黄明芳，泰国人，中国政法大学国际教育学院 2022 级汉语言专业本科生。

开启新的旅程
军都山春暖花开了
它们用花瓣憧憬芳香
看着春天
我时不时地想起故乡
童年，像似梦幻
若真能时光倒流
我想再做一回小孩儿

## 开学了

假期已结束，开学就在眼前
来到理想的校园，重回快乐的课堂
新学期，新开始
我的脚步越来越快
看吧
朋友热情地微笑，老师耐心地讲解
青春年华就在这儿飞扬
随着光阴似箭，日月如梭
愿你我幸福
满载而归
回归故乡

## 思　乡

看汽车开过去
人们在城市里奔跑着
想想稻田和草地
在站台和爸爸妈妈告别
在乡村外忙碌着
昨天走过装满思念
今天很累学会接受
我在奋斗
为身后仍在等待的人奋斗

# 阮玲芝的诗①

## 三　月

春天把花一朵朵打开，
像打开少女的心扉一样。
原本含蓄，温柔，
藏匿于三月的情话，
不经意间，大白天下。
你笑着说：这是大胆，狂妄，
可在这浓稠的春日里，
我说：唯有爱，方会剑拔弩张。

## 密林中的鸟儿

在语词的密林中
羽翼未丰的雏鸟睁大了双眼
欲展翅翱翔于林间
品味树上甜美的果实
亦愿盘旋于高空
鸟瞰胜景
密林隐天蔽日，险象环生
雏鸟义无反顾，勇敢奋发
它终将撷林中精华滋养自己
于攻坚克难中拓出一番天地
于某日凌晨冲向云端
翱翔天宇
迎接属于自己灿烂的晨曦

① 阮玲芝，越南人，中国政法大学国际教育学院 2022 级汉语言专业本科生。

## 赵成济的诗①

### 三　月

阳春三月人欢笑，不觉夏天将来到。
回想来时多奇妙，爆竹也曾满街闹。

## 陈眉见的诗②

### 乡　愁

小时候
乡愁是一个美丽的公园
我在里面
父母陪着我
长大后
故乡是一叠厚厚的照片
我在里面
回忆陪着我
后来啊
故乡是一条条的短信
我在里面
朋友陪着我
故乡是一份深深的思念
我在这里
故乡在那里

① 赵成济，缅甸人，中国政法大学国际教育学院2021级汉语言专业本科生。

② 陈眉见，日本人，中国政法大学国际教育学院2022级汉语言专业本科生。此诗作于2023年11月，系根据余光中《乡愁》文本的仿写作品。

# 姝梅的诗①

## 开学了

新学期的大幕已经拉开，
那些熟悉的面孔，崭新的面孔，
都从四面八方纷纷回到了校园。
开学了，
舍不得告别暑假的逍遥，
怎么收拢懒散的身心，
在不知不觉间，
走到期末。
时间啊，似快又似慢，
我们啊，放松又紧张。
考试近了，
天气降温了，
我期待着，跟家人共享，
共度团圆的好时光。

① 姝梅，泰国人，中国政法大学国际教育学院2021级汉语言专业本科生。

# 附录二 同门学友历年春节诗话

前言：为本命年的人送上祝福，为师生提供线上交流的平台，从2021年开始，“李门春晚”在中国政法大学终身教授李德顺老师的倡议下已经举办了四年。每一年春节都为同门写下诗话祝福语。比如：2021年，我们突出牛年主题，“牛人牛岁接福运，诗话诗谜送安康”。线上有约，你我有诗，我们为三位牛人写下诗话，起笔《李门俊才赋》。2022年，我们突出虎年主题，“虎势声威啸平谷，诗词填句韵文篇”。诗谜竞猜，涵养德行，我们为三位虎人写下诗话，续写《李门俊才赋》。2023年，我们突出兔年主题，“飞兔飞雪飞花令，迎春迎新迎祥瑞”，“玉兔祥瑞春意到，俊儒词赋走诗行。坐云端坐而论道，师先贤师生贺春”，为四位兔爷写下了词话，续写《李门俊才赋》。2024年，我们突出龙年主题，为四位龙人写下诗话，续写《李门俊才赋》……

## 2021年辛丑牛年

鹿林老师用七律诗形式表达师生之谊：“重回故里夜难眠，独卧楼台宇宙宽。往事纷纭飘似梦，韶光飞逝去如烟。沉思起坐添酸楚，留恋咏读耐苦寒。万卷诗书犹未破，何须白首悔华年？”①

宋春香用诗句形式邀请同门亮相，如邀请李安纲师兄作诗云：“李氏王朝三百年，安国定邦儿女全。纲柄社稷盛衰史，常留青书记短长。”邀请潘于旭师兄作诗云：“芈姓潘公楚君脉，而立于旭浙大师。随师修成辞纂典，学术光华美西湖。”邀请苗光磊作诗云：“田间无秀待生发，日月相拥耀坤乾。三石筑起三生运，通晓典籍任学官。”邀请黄慧瑶师妹作诗云：“二〇二〇入法大，一二一二是生辰。慧心雅致长发妹，瑶池仙女下凡尘。”

同门祝福语同样是诗话连篇。如李安纲自述云：“德顺先生屡倡生肖贺岁，今逢牛年，始从李门滥觞。愚生不才，忝列门墙，舞象歌勺，雀跃山呼。夫子慈悲，李门有情，得乎其在齐乐闻之雅韵!”诗话云：“金牛贺岁闹春潮，锦绣

① 原诗收录于郑西民、蒋书亭主编：《沈丘诗选》，中华诗词出版社2008年版，第238页。

山河乐舜尧。初度生肖添寿考，一门桃李舞妖韶。”“庚子年来国难深，新冠猖獗肆凌侵。江山社稷炎黄地，满眼春光扫沴祲。”由此恭贺夫子暨各位同学牛年大吉，欢乐康宁！衷心祝福各位牛属同学牛人执牛耳、牛年挂牛角、牛郎织女会、牛气更冲天！胡海涛诗云：“价值哲学拓荒牛，人民主体孺子牛，耕耘奉献老黄牛，桃李天下舐犊牛。”卫霞诗云：“时而温暖，时而感动；时而严厉，时而清淡。天山门派，老少同聚，有说有笑，有唱有弹。牛年新春，线上联欢。祝福大家，事事顺意，好运连连！”

苗光磊的祝福话语在诗里：藏头诗《新春大吉》云：“新芽宿旧互为伴，春夏秋冬皆丰产。大道至理权责清，吉凶祸福心自安。”藏尾诗《李门有情》云：“辗转四校育桃李，众流齐汇哲学门。试问价值何处有，寄望全民法治情。”并在同门竞猜环节出诗谜：其一为“行人孤身攀险峻，早日腾飞放手搏。一曲高歌艳阳升，冬去春来破冰封。（猜两位同门的人名）”①。其二为“宝木非经彻骨寒，怎得迎春扑鼻香。勤学忘我年关至，除夕过后又逢春。（猜两位同门的人名）”②。其三为“京沪庚子传喜报，君子两仪齐中标。（猜三位同门的人名）”③。

## 牛年寄牛人

——写给 2021 年同门牛人的诗话④

### 李门俊才赋

坤　茹

岁逢辛丑，冬过春立，云端筑梦，诗文留韵。

至贤七二，李门八十，东西南北，会聚京乡。

山川日月，德顺安纲，少年伟业，道平荣昌。

---

① 谜底：王俊博、曹融，这是目前李门中仅有的一对同门夫妇。

② 谜底：宋春香、舒年春。“宝木”为“宋”，“忘我”为“舒”。

③ 注：“君子”指代“尹”（君子动口不动手，所以去掉“口”，为“尹”字）。“两仪”即“阴阳”，指代阴昭晖和陈阳。“京沪”指三位同门的所在地。2020 年，上海大学的尹岩（负责人）、中国政法大学的阴昭晖（负责人）、北京化工大学的陈阳（主要参与人）的国家社科基金项目均获得立项。

④ 此诗作于 2021 年 2 月 1 日晚。谨以此献给同门属牛的兄弟姐妹，遂记之。

说经论典，一家之言，谈古道今，法治衡鉴。
青年俊博，见贤思齐，文华多益，羽佳在高。
文阁韬晦，文武英姿，美堂建梓，笔墨飘芳。
宇飞潜龙，王杨柏华，松苗光磊，晓蕾旭升。
高岩冰融，低流水暖，江波海涛，浩注汪洋。
昭晖朝阳，暮霭金霞，寒梅剑锋，士军凯旋。
云霞齐飞，婀娜以歌，仓廪盈满，龙凤呈祥。
花谢荣生，楠泽翠密，丽颜静美，亮泉瑶池。
北极紫微，星耀慧牛，秀外明里，轻利敏言。
著书立说，超群为妙，观察述议，巧艺为赞，
字斟句酌，古雅琳琼，研学功就，不负流光。
茉莉清茶，线上小憩，玲珑八面，书中神安。
世隔月历，相见如初，师生叙旧，笔墨纸张。
律政现理，媒介徐州，巾帼力男，宏印栋梁。
马驰千里，长征伊始，雁飞故地，尤待春香。

## 虎年寄虎人

——写给 2022 年同门虎人的诗话①

### 腊八②

李安纲

腊八更新过小年，如来悟后粥糜鲜。
灵台月映雷音路，造化逍遥自在仙。

### 雄虎词

坤　茹

上啸飞天与龙舞，下吟作得猛虎词。

---

① 此诗作于 2022 年 2 月 9 日晚。谨以此献给同门属虎的兄弟姐妹，遂记之。

② 附李安纲虎年的对联作品。作品一：上联：壬寅木荣五气朝元攒盛世；下联：水虎丹艳三花聚顶顺时经。横批：玉宇同春。作品二：上联：牛耕丑岁登五谷；下联：虎跃寅年聚三华；横批：顺时如意。

唐翁游笔走丘壑，悦目丹青赋苑栖。

## 虎年寄语

鹿　林

每逢佳节倍思亲，岂胜李门情谊深？
向学终身无止境，传承木铎延师恩。

## 李门俊才赋（续一）

坤　茹

壬寅已至，春立二度，线上叙语，夫子约见。
贤士七二，李门百余，国中华北，情义结网。
日月悬空，德治顺民，安纲世伟，理论荣昌。
价值哲学，百家争鸣，人生有价，衡平有方。
俊博雅士，旁征博引，国学多益，羽佳高翔。
美堂华立，储文养晦，旭阳晓蕾，争相待放。
王堂杨高，民居柏华，松苗绿翠，殿宇飞龙。
文辉武略，岩高雪融，江波海涛，浩瀚汪洋。
物争昭晖，人祈朝阳，金霞万道，寒梅千锋。
冬浴温泉，夏化德冰，婀娜歌颂，旖旎云空。
荣生新岁，诗和雅韵，楠泽翠密，佳丽静美。
紫微在天，文阁常顾，明月朗照，箴言惠众。
旷野辽阔，骏马驰远，栋梁妙策，治国安邦。
仓廪殷实，百姓点赞，功学成就，不负流光。
苍黄云丽，涛惊湖海，年年春舒，日日霞展。
鹿栖林园，虎待山巅，义谱华章，理论现制。
乔木一簇，雄居一方，湖波荡漾，天下一衡。
巧艺持家，艾香泽世，英才少伟，凯旋功成。
颖慧瑶池，文质彬彬，华采书志，秀明千载。
鹰逐远山，燕飞家园，万里霞耀，雨辰艳阳。
玲珑玉响，冰清玉洁，夜半凝思，英才剑舞。
研学连日，问道续年，老少同道，怀远情长。
琳琅满目，闹市旧居，豫州徐州，家乡寄望。
数典常忆，初心如故，记日叙旧，墨备纸张。

雁过留声，人过留名，力男超群，宏印华章。
龙腾虎跃，山川秀美，长征待起，尤待春香。

## 兔年寄兔爷

——写给2023年同门兔爷的词话①

### 十六字令

坤 茹

1. 陈阳：陈年流光存日月，阳光一束映朝晖。
阳，夫子群贤稷下堂。
词为曲，玉兔拜安康。
2. 郭德冰：崇德尚志先贤友，融雪化冰江海流。
冰，剔透苍穹天地屏。
前途望，厚水映巅峰。
3. 侯华北：华夏自有才俊在，北望京师侯君来。
北，晨待霞飞暮色催。
春山外，雁鸟傍山归。
4. 宋春香：香桃两枝问翠柳，杏花一朵沐东风。
兔，身越仙宫走玉路。
观山月，娥袖飞天出。

### 李门俊才赋（续二）

坤 茹

癸卯玉兔，嫦娥月宫，云端摇曳，天地常往。
贤士七二，李门百余，国中华北，情义结网。
日月悬空，德治顺民，安纲世伟，理论荣昌。
价值哲学，百家争鸣，人生有价，衡平有方。
俊博雅士，旁征博引，国学多益，羽佳高翔。
美堂华立，储文养晦，旭阳晓蕾，争相待放。
王堂杨高，民居柏华，松苗绿翠，殿宇飞龙。

① 此诗作于2023年1月22日晚。谨以此献给同门属兔的兄弟姐妹：陈阳、郭德冰、侯华北和本命年的自己，遂记之。

文辉武略，岩高雪融，江波海涛，浩瀚汪洋。
物争昭晖，人祈朝阳，金霞万道，寒梅千锋。
冬浴温泉，夏化德冰，婀娜歌颂，旖旎云空。
荣生新岁，诗和雅韵，楠泽翠密，佳丽静美。
紫薇在天，文阁常顾，明月朗照，箴言惠众。
旷野辽阔，骏马驰远，栋梁妙策，治国安邦。
仓廪殷实，百姓点赞，功学成就，不负流光。
苍黄云丽，涛惊湖海，年年春舒，日日霞展。
鹿栖林园，虎待山巅，义谱华章，理论现制。
乔木一簇，雄居一方，湖波荡漾，天下一衡。
巧艺持家，艾香泽世，英才少伟，凯旋功成。
颖慧瑶池，文质彬彬，华采书志，秀明千载。
鹰逐远山，燕飞家园，万里霞耀，雨辰艳阳。
玲珑玉响，冰清玉洁，夜半凝思，英才剑舞。
研学连日，问道续年，老少同道，怀远情长。
琳琅满目，闹市旧居，豫州徐州，家乡寄望。
数典常忆，初心如故，记日叙旧，墨备纸张。
雁过留声，人过留名，力男超群，宏印华章。
龙腾虎跃，山川秀美，长征待起，尤待春香。

## 龙年寄龙人

——写给2024年同门龙人的诗话①

### 赠学友舒年春

坤　茹

舍予春晖年记事，珞珈山上凤来仪。
曾驻望江论大道，京都相忆一行诗。

① 此诗作于2024年2月10日晚。舒年春，1976年生人；王静美，1988年生人；陈燕晴，2000年生人；吴雨辰，2000年生人。谨以此献给同门属龙的兄弟姐妹，遂记之。

## 赠学友陈燕晴

坤　茹

往事勾陈入师门，晴空飞燕思故人。
与龙腾跃问学路，直途青云文曲神。

## 赠学友王静美

坤　茹

静月安好江山美，流光动波影雁飞。
携手共赴瑶池地，龙凤呈祥春光魅。

## 赠学友吴雨辰

坤　茹

春阳雨露顾晨曦，一方坤乾护朝夕。
遥望吴蜀观天下，独有碧海一星辰。

## 李门俊才赋（续三）

坤　茹

甲辰龙腾，金凤来仪，平安互报，才艺敬献。
贤士七二，李门百余，国中华北，情义结网。
日月悬空，德治顺民，安纲世伟，理论荣昌。
价值哲学，百家争鸣，人生有价，衡平有方。
俊博雅士，旁征博引，国学多益，羽佳高翔。
美堂华立，储文养晦，旭阳晓蕾，争相待放。
王堂杨高，民居柏华，松苗绿翠，殿宇飞龙。
文辉武略，岩高雪融，江波海涛，浩瀚汪洋。
物竞昭晖，人祈朝阳，金霞万道，寒梅千锋。
冬浴温泉，夏化德冰，婀娜歌颂，旖旎云空。
荣生新岁，诗和雅韵，楠泽翠密，佳丽静美。
紫薇在天，文阁常顾，明月朗照，箴言惠众。
旷野辽阔，骏马驰远，栋梁妙策，治国安邦。
仓廪殷实，百姓点赞，功学成就，不负流光。

苍黄云丽，涛惊湖海，年年春舒，日日霞展。
鹿栖林园，虎待山巅，义谱华章，理论现制。
乔木一簇，雄居一方，湖波荡漾，天下一衡。
巧艺持家，艾香泽世，英才少伟，凯旋功成。
颖慧瑶池，文质彬彬，华采书志，秀明千载。
鹰逐远山，燕飞家园，万里霞耀，雨辰艳阳。
玲珑玉响，冰清玉洁，夜半凝思，英才剑舞。
研学连日，问道续年，老少同道，怀远情长。
琳琅满目，闹市旧居，豫州徐州，家乡寄望。
数典常忆，初心如故，记日叙旧，墨备纸张。
雁过留声，人过留名，力男超群，宏印华章。
晨起亮瑜，宿梦铭越，飞燕晴旅，丹青墨漾。
故国思故，晴日有情，同门相聚，共叙短长。
龙腾虎跃，金瀛雨辰，长征待起，尤待春香。

## 愁　绪

张　霞①

再多的知识，装不下满满的情怀；
再多的逻辑，容不下无羁的思虑。
又是贪念，无穷无尽；
看着它，无能为力；
任由它，颠沛流离。
突然间发现自己，
变得如此多愁善感；
变得如此举棋不定；
变得如此心神不宁；
痛苦、徘徊、撕裂、焦虑碎满地……
想起那句：
众里寻他千百度，
蓦然回首那人却在灯火阑珊处；
突然问自己：这是什么？是愁绪。

---

① 张霞，云南师范大学马克思主义学院副教授。此组诗系 2020 年疫情居家所作。

提醒自己
安亦！

## 心 寂

张 霞

2020 年 1 月的一场瘟疫肆虐中华大地，
中断了远游的计划；
抛弃了归乡的心切；
独自闭门宅家，
读报、看书、休憩。
其中看到自己：
幽闭中富有气息；
静寂中不断思索。
但是恍惚中又见到执着的自己和那一串串顽固的念头。
因为这些念头，
让我无数次地徘徊，
无数次地追问自己：我来自何方？又该走向何处？
几次拿起笔头，又几次放了回去。
我在犹豫什么？为什么不愿意写作，那么迟疑？
想要记录当时的心景；
想要抽离任性的心魔。
但是欲罢不能，
有时听着窗外，想起春暖花开；
有时想起岁月如同儿戏，在心里一遍又一遍上演。
无数次问自己，
是解除，还是继续禁闭。

## 成长的痛

张 霞

曾几何时的自己，
顽强拼搏，不断努力。
在治学的路上越走越远，

为了那脑海中的问题、心中的困惑，
求问一堆堆的书籍，
身边的同事和远方的老师。
但是学得越多，问题越多，
在焦虑中度过了无数不眠之夜，
是缘于一份家国情怀？
还是那一份不得志的心境？
几近癫狂，颠沛流离。
偶遇良师，指点迷津，
循循善诱，娓娓道来，
换一个方向继续前行，
继而内心没有了以前的冲突迷茫，
没有了以前的矛盾纠结，
多了几分轻快和喜悦、自在和喜乐，
犹如破茧成蝶，涅槃重生，
突然间觉得自己变了，
像换了一个人。

# 附录三　亲子诗言童话集

## 小彩笔

王思宇①（6岁）

我爱你，小彩笔，
五颜六色真神奇。
我用红色画苹果，
我用绿色画葡萄，
我用粉色画桃子，
我用黄色画菠萝。
几种颜色都用上，
画出水果甜如蜜。

## 哭　了

王思清②（5岁）

树叶哭了想大地
青草哭了想长高
红花哭了想绿叶
果子哭了想长大
宝宝哭了想妈妈

① 王思宇，女，北京市海淀区中关村第二小学一年级学生。此诗作于2012年9月14日。

② 王思清，女，中国政法大学附属幼儿园。此诗作于2021年7月18日。雨后初晴，万物拭泪，逐鸟追蝶，趣话童言，遂记之。

## 学车歌

王思清①（7岁）

摇摇摆摆小路外，上车歪，下车摔，
动作慢，车轮快，脚下生风我最爱！

## 星星和乌龟

熊乐尧②（6岁）

有一颗神奇的星星
在北方飞舞
有一只乌龟
在南方的海边看着星星
乌龟开心地说：你帮我实现愿望吧
星星开口回答说：我可以实现你的愿望
只要一起在海洋里度假
只要一起享用海底的美味
只要永远在一起

## 我有一个梦想

王思宇③（7岁）

我有一个梦想，
希望自己能够长出一对飞翔的翅膀，
像孙悟空一样腾云驾雾，
去看一看，月亮有多大，
去瞧一瞧，嫦娥有多美。

我有一个梦想，
希望自己能够读遍世界上所有的书籍，

---

① 王思清，女，北京市海淀区中关村第二小学一年级学生。此诗作于2024年2月1日。因孩子自己学自行车有所感，遂记之。

② 熊乐尧，女，北京市海淀区中关村第四小学一年级学生。此诗作于2024年3月15日。星星可以和乌龟对话，自然的和谐共处就是一幅充满童趣的美好画面。

③ 王思宇，女，北京市海淀区中关村第二小学二年级学生。此诗作于2013年10月28日。

像诸葛亮一样博古通今。
中军帐内，运筹帷幄，
羽扇纶巾，指挥自如。

我有一个梦想，
希望自己能够用毛笔写下所有的汉字，
像王羲之一样挥毫泼墨，
薄薄的宣纸，小小的砚台，
浓浓的墨汁，重重的笔锋。

我有一个梦想，
希望自己每天都和爸爸妈妈在一起，
成为他们最贴心的小棉袄，
从小事做起，帮爸爸洗脚，
从现在做起，逗妈妈微笑，
让我们一家人永远地生活在欢声笑语里。

你有一个梦想，
我有一个梦想，
他有一个梦想，
这是我们现在的追求，
更是祖国妈妈未来的希望。

## 西江月

王思宇①（15 岁）

京地同创佳绩，此时幸遇诸君。
少年心事当拏云，笑靥苍天红晕。
学友相识南北，高朋会聚冬春。
北洼路口忆王孙，问鼎神州才俊。

① 王思宇，女，北京市首都师范大学附属中学。此词填于 2021 年 8 月 25 日。系作者为高中入学日所感而记。

## 念奴娇·国关燕园缘

王思宇①（17岁）

瀛寰远眺，见长空万里，川峦如画。扰乱浮云清望眼，御揽全球牵挂，铿锵蓝图画。论答思辨，尽展年少英飒。掌舵星海汪洋，捭阖纵横，皓宇环球化，文明共赢同发展，霸道逆行谁怕？四海盛年，八荒朝拜，看汉唐华夏。先贤追忆，未名吾辈争霸！

## 假如我有一匹马

刘学航②（15岁）

假如我有一匹马，
我会骑着它在空旷无尽的草原上奔驰。
那专属草原的风，
那郁郁青青的绿草。
假如我有一匹马，
我会骑着它在雨林里穿梭。
那潮湿的环境，
那自然万物的勃勃生机。
假如我有一匹马，
我将骑着它飞越地球两极。
那好似轻纱般柔缦的极光，
那冰川上的皑皑白雪。
啊，奇妙的大自然，
我将骑着宝马踏足天涯海角。
感受你的壮丽，雄伟，揭开你神秘的面纱。

① 此词填于2023年8月12日。作者王思宇，首都师范大学附属中学高中学生。2023年，作者参加北京大学国际关系学院2023年优秀中学生暑期课堂，并在闭幕式上作为班级代表发言，此词即是为结营仪式发言所填。

② 作者刘学航，男，云南师范大学实验中学初三学生。

## 星星里的一条鱼①

坤 茹

鱼
在星星里游泳
当七星瓢虫变成蝴蝶
当仙人掌变成入口的冰淇淋
鱼
在空中飞
在黑暗里吃掉一颗颗星星
等着 等着
太阳露出头

## 这个春天，有霾也要爱

三月的春风，带来暖阳，送来清爽，而无风的三月，霾影闪烁；有霾的三月，心情有些低沉如那阴霾。

不经意间看到了小同事闲置的杂志《中国国家地理》，信手拈来，净是沙洲漠海如画，名川大山叠峦，瞬间理解了“想出去看看”的那份情绪。多少人晃荡在小圈子，困在近处，忘了远方。殊不知，太多的风景还没有观赏，太多的风情没来得及体味。自然万物，赏心悦目，何故沉湎于霾中无视周遭呢？这个春天，即使阴霾笼罩，也挡不住世人行走的脚步。走一走，看一看，自然走出阴霾。

有文化的人多矫情，无文化的人多戾气。每个人都在有无文化的人群中奔走。对看不惯的，要么直言，要么远离；对不喜欢的，要么批判，要么迎合。挑剔的眼神遮盖了太多的凡人趣事。福祸转化，善恶亦然。谁能说唠叨不是一种关爱？谁能说吝啬不是一种节俭？谁能说迎合不是一种适应？谁能说固执就不是一种坚守？不一样的人，不一样的景，交往过才知道真情与假意。爱人，人恒爱之。三月的春天里，让爱归来，让心温暖。每个人都是你取暖的火。爱他人，就是爱自己。

若信守“自扫门前雪，莫管他人瓦上霜”的处世哲学，守住了责权利，却

① 此诗作于2021年5月15日。有感于孩子的创意画——星星、蝴蝶、七星瓢虫和鱼共处，跟着娃娃们一起留住童真，遂记之。

丢失了仁义爱。

生活就是日出而作，日落而息。闲情者赋诗作对，劳苦者春耕秋收。日子就是在打磨中度过，时间就是在指缝间溜走。要么心脑并用，创造精神财富；要么手脚并做，提供物质基础。日复一日，年复一年，能让每个今天都好于昨天，你的生活就是快乐的。三月的春天，有霾也要生活。爱生活就是爱自己。

相信，春风会吹走雾霾，所以，有霾也要爱！

# 附录四　二十四节气（三行组诗）

## 二十四节气（三行组诗）①

坤　茹

立春
冰封了一个世纪
在你以为要结束的冬季
迎来了又一个开始

雨水
暖暖的气息托起了大地
草木张开了自己柔弱的臂膀
携手接住那从天而降的琼浆玉液

惊蛰
雷声叫起沉睡的冬眠
想离家出走一次
因为要看看自己世界的外面

春分
围着太阳的暖阳
白天与黑夜握握手
从此不分短长

清明
走在绿色的远山

① 此组诗作于 2024 年 3 月 26 日。

风筝线断了
我开始追逐一生的思念

谷雨
喝一口青茶
遇到了你
秧苗愿意抽出嫩芽

立夏
五色的豆子做成一碗五色的饭
告别那个春天
随着温度在长高长大

小满
小麦开始灌浆了
吸一口气
等着头垂到大地迎接你

芒种
农民在田地里忙忙碌碌
稻和麦露出锋芒
等待着在收割机前碾碎成食粮

夏至
从南到北　不声不语
只想跟着太阳
走一次回头的路

小暑
你没有火热的温度
却在身后
听到三伏的脚步

大暑
陪着老树坐在院子里
手里的扇子
摇断了柄把儿

立秋
在屋前屋后挂上一排排木架
晒上摘下的五谷和青瓜
补上秋膘　告别苦夏

处暑
秋老虎的尾巴
抬不起高粱低垂的头
拾不起一滴吻别大地的泪珠

白露
在晨曦的山坡下
采一枝牵牛花
踏湿了一脚的裤袜

秋分
你我平分秋色
望着金色的大地
相约永不分离

寒露
伸出红色的枫叶
因为寒冷
我要更加艳丽

霜降
柿子红了
菊花开了

祭祀远方的你

立冬
烧开了一锅的水
用煮熟的饺子粘上自己的耳朵
从暖气里听到了水流声

小雪
大地关上了家门
谁在用一捆捆果蔬
敲开冰封的洞口

大雪
大河是一个冰床
托着小孩子的冰车和雪人
溜达到了天尽头

冬至
数着雪花
唱起数九歌
直到唱化了远山的小河

小寒
大雁飞往北方去了
喜鹊落在了枝头
我在腊八粥里思念乡愁

大寒
年来了
年糕打出来了
我在红灯笼下等你过年

# 结语　我不是诗人，我只是法大的一朵玉兰花[①]

玉兰花，这是法大的校花。原本盛开在自然界的花树，因着法苑的眷顾而令人爱慕。

每一个旭日清晨，鸟语花香的小径，总是满载玉兰花带来的春意。尽管只有初春绽放的一刻，却已然俘获爱花者的心怀，浮想联翩那玉兰容姿的高贵。于是，玉兰花成了诗者笔下的生命之花……

我不是诗人，却愿意在玉兰花的美景中流连，哪怕只是眷恋一分，浮掠一秒，也会兴味盎然，甚至会不经意间想到——我就是那一朵玉兰花，春开一时，享尽翠郁，陪伴法大的每一个日出与日落。

我不是诗人，却愿意在玉兰花的芬芳中呼吸，哪怕只是吸上一口芳醇，品一丝甜蜜，也会乐此不疲，甚至会偶然畅想——我就是那一朵玉兰花，静观蓝天，蓦然大地，欣赏法大的每一个精彩与辉煌。

我不是诗人，却愿意在玉兰花的娇态中翘首，哪怕只是看上花的一颦眉，叶的一招手，也会动感十足，甚至会由衷畅想——我就是那一朵玉兰花，欢快舞蹈，放声歌唱，尽享法大的每一个瞬间与芳华。

我不是诗人，却愿意在玉兰花的飞红中驻立，哪怕只是捧一片雪絮，滑一处嫩秀，也会悦情无限，甚至会依稀想起——我就是那一朵玉兰花，绽放于春季，飘落在秋波，走过法大的每一个流光与四季。

我不是诗人，我只是法大的一朵玉兰花！踏着春风来，追随寒冬去；开在每一个春季里，却把春华散放在你——弥漫冬雪的天涯。

我不是诗人，我只是法大的一朵玉兰花……

2015 年 6 月 10 日午

① 感恩法大的一切，以玉兰花自喻，或花开，或花落，或绽放，或凋零，都是独特的人生，遂记之。

# 后记　捧心入怀　任尔喧嚣[①]

芸芸众生漫步于人间，总是面临数不胜数的诱惑。其间，或羡财铺金山，或慕名震遐迩，或追诸君位高权重，或逐万众趋炎附势……如此种种，有意无意间，脱不了富贵荣华的牵绊。于是，不知不觉间，有人迷失了方向，有人改变了初衷。

当我捧着初心而来，只愿醉在文山书海。偏好一份安然，独喜一方文字耕耘的田。虽然不能读尽世间万卷书，虽然不能通晓天下千般事，却也能在敬贤亲好的行程中，自觉地守住了初衷。

而今，望着蓝天，思绪随白云飘飞。试问有几人还未曾飘散了来路？与书为友，让人变得安静，在一个无声无息的世界里，品味万古的幽香。我甘愿只是生活的听者、写者、践行者，用时间来延长一份学者的诉求，只有努力的呼吸，没有独白的喧嚣。偶尔也会质疑自己久存的初衷。偶尔也会怀疑自己的坚守。试问，无冕的诗者会走到何方？如果文字可以享与读者，如果文笔可以迎来赞语，那么文心将落在何地？窗外，风儿呼啸，雪儿飘飞，白了大地，亮了心窗——一份魂归无寄的忧伤，别过窗外的喧嚣，让一盏灯辉照亮那一寸书签的方向。捧心入怀，任尔喧嚣吧！

在整理诗作的时候，自己仿佛重游了20余年的旧日时光。那些旧人旧事随文字流淌……

诗集记录了孩提的岁月，故乡的思念，亲友的温暖，师生的情谊……在自然万物中感悟生命，理解世界，憧憬未来。我试图用文字去触摸凡尘的心跳与情感，与自己对话，与读者共鸣。

生活自有诗意。癸卯兔年在晚秋独赏红枫，常会自笑题“晚景”诗：“群鸭戏水欢，独鸿枕芦床。舟横无人渡，风卷层云翔。”或言：“残荷接日落，过客

---

① 此诗作于2016年1月26日。

忆江南。长柳亲秋水，鲲鹏鸿鹄安。”① 再云：“同为晚景层林色，误将爬虎作枫墙”；若冬季看雪，以枝代笔，轻吟一句“枫红托银素，枝青落地书”；甲辰龙年初春三月，在湖边轻走，看尽山水，即有诗句言“春湖”：“春水戏鸳鸯，叠石留日华。山远青黛在，亭近数绿鸭。”② 周遭风景，四时不同，心境各异。如此言：“锦鲤清湖鸭戏水，柳垂荷影莲涵秋。三山五园复新貌，一桥雀鸟画雕廊。”③ 想念时，填一首词，如《江城子》：“一寸红笺一赋词。忆晨曦，怨归迟。雁飞无言，为汝送亲思。月暖夜长星多离，拜文曲，慰情痴。”④ 关于话语研究的学术论坛同样可以填一曲《如梦令·彩练飞天逐舞》⑤：“彩练飞天逐舞，波醉影灯频顾。新友伴游时，休问客乡何处。欢度，欢度，舟过拱桥寻路。”让词句美了整个羊城，让羊城美了一首词曲。在二十四节气中分享“小满”的心境，万物轮回，圆满有度，在小满之间收获最好的人生状态——“草木复枯荣，繁华落锦程。弥阙思过往，小满慰余生。”⑥ 在你的世界，可以拥有一个“有花的阳台”⑦。

四月/做一个有花的阳台/茉莉花开了/草莓花开了/碗莲吐出来新芽/看那大尾巴的蝌蚪摇着尾巴/牡丹吊兰垂下来做你的长发/口红吊兰垂下来做你的披肩/绿色藏起黄蕊/绿带托起红唇/风铃摇曳在暖风里/今天，做个园丁/把整个阳台变成花园/今天，停下脚步/把整个春天放在眼前……

感谢一路同行的亲朋师长们。你们写下了读者的话，留下了真诚的祝福和诗篇，你们已然是我今生笔耕不辍的源泉和灵感！有了你们，不负今生！你们就是我的诗歌！

感谢那些选课的国内外大学生们。每一次讨论交流，你们都是那样新建迭出；每一份用心的诗歌作品，你们都是这样才华横溢。在诗歌的课堂上，我们古今融合，中西对话，用中文写下了整个世界。

感谢可爱的读书娃们。从幼小稚园到学校课堂，你们坚持读书，乐于诵读，让经典融入生活，让名著化为力量。你们的天真纯洁了成人世界的文字，也闪亮了黑夜里的点点繁星。

---

① 此诗作于 2023 年 10 月 9 日。

② 此诗作于 2024 年 3 月。

③ 此诗作于 2023 年 9 月 23 日。

④ 此诗作于 2022 年 11 月 5 日。

⑤ 此词填于 2023 年 4 月 15 日。因在广州参加第二届“话语分析中山论坛”有感而作。

⑥ 此诗作于 2015 年 5 月 21 日。

⑦ 此诗作于 2023 年 4 月 8 日。

感谢出版社的编辑们，你们细心校对，认真负责，从选题申报到排版定稿，无不凝聚了你们付出的辛勤汗水，由此让文字尽濯铅华，把诗意投向人间。没有你们，这本诗集将无缘读者。

几度春秋，岁月无语；一段思绪，深情相遇！

愿读者垂爱与共，愿生活诗意永在！

宋春香

2024 年 6 月 30 日

# 读者的话

用美的眼光去发现日常之美，用诗意去观照人生的每个阶段。诗人用情、用心、用文字记录了一路的风雨和内心的丰富的世界，用可靠的感受为大家讲述了一个学者执着的追求。无论是对大自然、对亲人、对社会、对岗位，她都有足够的热爱和激情，这也让她对生活充满了期盼。作为国际中文教师，她也在用诗歌进入留学生课堂，用诗意和国际对话。这是非常可贵的。

——马知遥（天津大学）

这本书选自坤茹多年来的诗歌创作，也是她一路走来的记录与见证。东北辽阔的黑土地将她养育，也赋予了她坚忍的品格；军都山上良人相逢、相濡以沫，为她的诗歌添了一抹柔情。坤茹是一位优秀的学者，也是一位蕙质兰心的诗人。她在法大的讲台上传播中国语言文化，让诗情滋润学生的心田，让学生看到“生命的葱郁”，像极了盎然清歌的玉兰花。在生活中从孩子的视角发现美好，写出“梦是圆的，圆得可以抱起”这样轻巧的字句，又是个童心未泯的大人。如今恰逢金秋，法大的银杏叶想必也铺就了金黄的小径。愿读者们感受秋天的温暖和美好，愿坤茹的诗情像那晴空上飞过的白鹤，直飞到那云霄之上！

——乐琦（中国传媒大学）

坤茹诗集蕴藏着诗人对人生、对事业、对汉语言文学和中华文化的由衷热爱，深思熟虑和满满的正能量；散发着作者朝气蓬勃的青春活力与创作激情。其选题广泛，题材丰富，描写细腻，触景生情，令人读来眼前一亮，心旷神怡。既可以用于文学欣赏，修身养性，也可以结合教学，和学生一起探讨诗歌语言的特色和魅力，尤其是那些现代风格的新诗：娓娓道来，讲述着生活中的点点滴滴。一个又一个虽细小琐碎却又真实可信、富有哲理的故事；一道又一道精雕细琢、别具一格的风景线。

——［澳大利亚］周晓康（墨尔本半岛学校）

《尚书·尧典》认为“诗言志”，西晋陆机在《文赋》中说“诗缘情”，《毛诗序》中“诗者，志之所之也，在心为志，发言为诗。情动于中而形于言”把志与情联系在一起。作者的诗歌正是从心底里自然而然流淌出来的情志。诗歌作品在对新时代中国的真诚歌唱中充满了对生活的热爱，表现出鲜明的时代地方特色。生活的积淀和渊博的学识是诗歌知性优雅的亮色，女性的温柔和细腻形成了诗清新自然的风格。

——刘峰（北京工业大学）

初读宋老师的诗，就感觉到质朴、清新的气息扑面而至。春来看花，夏至言暑，秋别鸿雁，冬踏雪泥，一切都是自然而然，却又无处不在传承着国学的传统。孔子曾说过：“诗三百，思无邪”，写诗就是要真情流露，毫不做假。作者的诗，看似精心铺排，却是信手拈来，毫无造作之感。出于对诗的挚爱，作者创作了很多令人心动的作品，对大自然的热爱呼之欲出，对美好生活的憧憬跃然纸上。《半山文集》有一段话，读来颇有感触：“自然的情感、真诚的态度、质朴的简单、内在的富足，拥有这些特质，有没有才华已经不重要了。”

——韩伯君（中国政法大学）

诗歌，这是作者生命的重要组成部分。一路走来，诗话成行，月累成篇，记录岁月，写下感悟，留下记忆。当一路回首，年轻的时候曾有诗，年老的时候曾作诗，纵有风雨，那份美好却是永恒的。“不以物喜，不以己悲”，坦荡，真诚，无私，敬畏生命与自然，让万物负载灵性，你我皆是过客，却在诗文中都留下了痕迹。

——王敬川（中国政法大学）

在忙碌的现代社会里，心灵时常需要一片静谧的净土，以沉淀心情、反思人生。这本诗集便是您寻找的那片净土。每一首诗，都凝结着诗者心中最真挚的情感；每一首词，都是文化与情感交织的华美篇章。可以说，这本诗集不仅是诗者多年文学素养的沉淀，更是对文化传承的思考与展示。因此，对于读者而言，无论是想要在闲暇时刻寻找心灵的慰藉，还是希望在紧张的工作与生活中找到情感的寄托，都能在这一诗集中找到回应，从文字的魅力中走向更高远的精神境地。

——马琳琳（中国政法大学）